U0909919

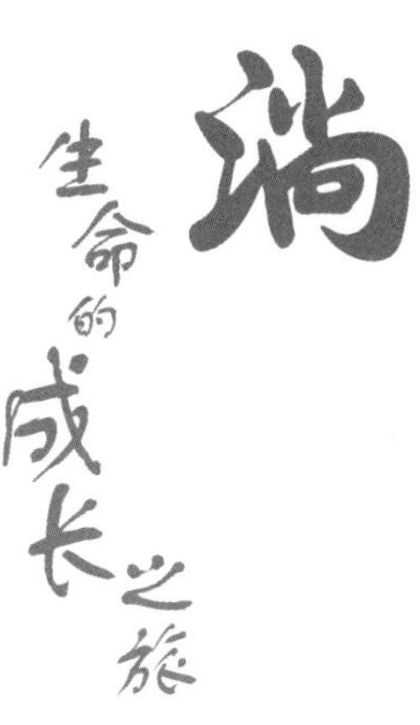

金　群◎著

中国财富出版社有限公司

图书在版编目（CIP）数据

流淌：生命的成长之旅 / 金群著. —北京：中国财富出版社有限公司，2022. 5

ISBN 978-7-5047-7698-3

Ⅰ. ①流…　Ⅱ. ①金…　Ⅲ. ①散文集—中国—当代　Ⅳ. ①I267

中国版本图书馆 CIP 数据核字（2022）第 070855号

策划编辑 李小红　**责任编辑** 张红燕　李小红　**版权编辑** 李　洋

责任印制 尚立业　**责任校对** 张营营　**责任发行** 杨恩磊

出版发行 中国财富出版社有限公司

社　　址 北京市丰台区南四环西路188号5区20楼　**邮政编码** 100070

电　　话 010-52227588 转 2098（发行部）　010-52227588 转 321（总编室）

010-52227566（24 小时读者服务）　010-52227588 转 305（质检部）

网　　址 http: //www. cfpress. com. cn　**排　　版** 宝蕾元

经　　销 新华书店　**印　　刷** 宝蕾元仁浩（天津）印刷有限公司

书　　号 ISBN 978-7-5047-7698-3 / I · 0343

开　　本 880mm × 1230mm　1/32　**版　　次** 2022 年 8 月第 1 版

印　　张 9.375　**印　　次** 2022 年 8 月第 1 次印刷

字　　数 218 千字　**定　　价** 68.00 元

序言一 初心

其实这篇序跟本书的内容有点儿出入，但是它是此书的种子，正是因为当初它的出现，才有了这本书。其实换一个角度看，会发现它与这本书又是那样合拍，本质上讲的东西是一样的。在写这本书的过程中，我自己进入了一段人生的迷茫期，因此本书更多的是按照那段时光里自己真实的心灵旅程来展现的。

这篇序言，是在“我想要写本书”这个念头冒出之后开始写的。都说不忘初心方得始终，当时之所以先写序言，是为了时刻提醒自己，不要写离题了。那个时候的我充满朝气，有很多想法，总觉得自己能做很多事情，能够拯救地球似的（在此，请原谅我的自大）。写书的初衷是解放女人的大脑，因为见过太多的女性，深受思想的禁锢，活在狭小的空间里。她们常常喜欢在一件事情上纠结很久，反反复复地咀嚼和猜想，不仅损失了大把的时间，还把自己弄得身心疲惫，严重的时候，甚至还会进入自己给自己制造的死胡同里，出不来。现在想想，当时的自己是多么的天真，以为一本书就可以解决历史长河里的问题。不过既然想去做，那就试试吧，不去做，永远不知道结果。

以前的我有时候会因为某个人的一句话或者一个眼神，在事后进行揣摩，想那传达了什么意思，导致一天的美好时光就在这样的思绪中流失了。有多少次，是甄把我从死胡同里一点一点拽出来的。此刻回望当时的自己，真是多愁善感。为了提醒自己，我的签名很长时间内都是“修己”，只是说来惭愧，如今也没能把自己修好，时而还会因为自己的执着之见，给他人带来不愉快。

我从小就喜欢记录一些经典语句，乍一看它们个个都非常有道理，可是真到现实生活中，却如纸上谈兵，有时它们甚至会让我不知所措，左右为难。那时候，我常常像个孩子一样，今天觉得这句话不错，学着它做了几天；明天觉得那句话也有道理，又学着它做了几天。最后把自己弄得云里雾里的，遇到复杂一点的情况，自己就蒙了。有段时间觉得这些道理都对，可是又都不对，或许正是因为有这样的迷茫与思考，我想寻找一条不一样的道路，一条为自己量身打造的路。或许当我走了这条路后，有人觉得不错，甚至会成为跟随者，这样一想，我岂不是无意间做了一件善事（暗笑）？

现在想想以前的自己，归根结底，是缺乏一个统一的理论支撑，或者说没有把一套解释风格进行到底。我们有个习惯，在遇到事情时，不是立马去解决问题，而是喜欢去寻求“为什么会遇到这件事情”的答案，导致思绪在做无用功似的运转着。比如一些宗教、心灵修行等理论，其实它们的核心理论都是一样的，去的终点也是一样的，即从 A 地（无明）到 B 地（从容地享受生存之乐），只是所走的道路不同而已，都是为了给我们一个解释，无论我们选择哪一个，只要能解除我们的困惑，让我们内心达到宁静的状态，并让我们持之以恒地相信和运用，都是好的。

本书通过一系列我自己的内在真实写照、真实的心灵旅程，描述了怎样抛下那些无用和无谓的解释，从而做到归心；怎样通过改变自己的思维模式，让内心达到真正的平静，做到真实地享受生活。当我们的每一个细胞都是愉快状态的时候，人也就会由内而外地散发着光芒。我很享受现在的这种状态。希望这本书能够帮助更多的人学会处理自己的想法，掌控自己的思想，让他们真正地活在当下，享受生命的每一个时刻，享受生存之乐。

打开一切的钥匙是心，可以通过治心来得到答案和解脱，因为是心塑造着你周遭的世界，什么问题过了“心”这一关，也就迎刃而解了。外在没有什么对与不对，全部都是心的变化。

现在不管是喜欢佛道的朋友，还是热衷亲子教育方面的朋友，都在讲转念的重要性，讲积极心理学，讲要跳出来俯视问题。这些其实都是在寻找，寻找一个合适的方式，寻找一种智慧，寻找一种更加接近真理的解释，然后启发人们豁达地去生活。只是不同的群体，采取的途径不同。无论选择哪一个，取其精华，去其糟粕，先把其融进自己的内心，然后经过转化和酝酿之后，变成适合于自己的简单、有效的生活原则。

2016.1.5

序言二

海里

这篇序言，是在迷茫期的后期，在船上生活的时候写的。那段时间我似乎有了方向，心里的念头开始改变，开始萌发出想要活得更好的念头，开始对未来生活有了憧憬，开始想要更好更真实地生活，并下定决心要走出去，要活出心中的那个自己。这些对于一个在泥潭里待了很久的人来说，是多么的重要，“想活得更好”的念头是那样充满能量和活力，就像是一个马力十足的车头。虽说那段时光已经过去了，但此刻我仍然记忆犹新，并感激那段摸爬滚打的时光，正是那段时光让我对未来多了一份坚定，让我在未来的路上走得更稳。

到目前为止，我在这艘船上已经生活两个月了，感觉自己慢慢地回归到了正常人的生活状态。梳理一遍自己这一路走来所记述的思绪，感觉自己再一次获得了成长。自己审视自己的感觉，还是很不错的，有一种内观的静美。

从三十岁生日那天起，我整个人似乎开始有点不同，或许是受到“三十而立”这句话的影响，我质疑自己是否“立”起来了。从那时起，“人活着的意义是什么”这个问题时刻在我的脑海里盘旋着，挥之不去。为了找到这个问题的答案，我去问身边的人，学习瑜伽，看心灵成长类书籍，等等，试图通过各种方式找到答案。

可是两年的时间过去了，在这两年里，我觉得自己的生活徒有一个空壳。记得有一天小鱼儿睡着之后，我与甄谈心说：“有时候，真的很羡慕你，羡慕你这样真实生活的人，而我的生活像是假的。”他笑着说：“这么真实的一个大活人，怎么会是假的呢？”一度，我对什么都提不起兴趣，注重养生的我，食不知味，更别说养生了；上班时路过抽血窗口，看着在忙碌的同事们，我心里真羡慕他们，他们是那样真实，而我似乎只是一个空壳，我觉得身边一切事物都没有意义。有时候觉得自己有点儿不正常，因为自己的思维和行为与身边的人不同，至少自己感知到的是这样的，感觉大家生活得很落地，而我活在空中。难道生活就是这样的吗？这不是我想要的生活，虽然心里明确知道，可是一时间还找不到方向。

我以为这是我个人的原因，只有我会这样迷茫。有一天我发现，身边的人——无论是十几岁的少男少女，还是和我一般大的年轻父母，或者是四五十岁的中年人，甚至七八十岁的老年人，都存在不同程度的迷茫。那一刻，我像是忽然从梦里醒过来了一样。不禁感慨，原来这是一种“通病”，原来对于生活的迷茫是不分年龄的，那一刻我有了一丝安慰，感觉自己不是那么孤独。

这群人每天都在生活，可是他们不去想或者在逃避这些本来存在的问题，就好像如果不去想，这些问题就不存在或者会自行消失一样。让我觉得心痛的是，有些人活了大半辈子了，可是似乎对很多东西一无所知，对于生活中出现的问题或者事情，只是机械性地接收，不曾思考为什么会出现这种问题、为什么会发生这件事情，不曾思考有没有途径改变当下的状况，只是迷茫地走一步算一步。有时候都不能说是生活，只是迷茫地生存罢了。在他们的眼里，我几乎看不到光芒，更多的是逃避和呆滞。

有一天下瑜伽课，在与大家聊天之际，我问大家对人生有什么感悟，发现大家对于这个问题有点嗤之以鼻，似乎这不是一个问题，或者说觉得谈论人生是一件可笑的事情。其实这个问题在每一个人的心底里，在迷茫的时候，在无助的时候，也许每个人都问过自己无数遍，可是为什么就不能拿出来一起谈论呢？难道在一起的时候，非要聊一些陈芝麻烂谷子的事情吗？明明在心底深处大家都曾寻找过。

有天晚上我做了一个梦，梦里的自己，站在一个路口徘徊，看着小时候的一位邻居和高中的一位同学走上一条宽广的大道，而我选择了另外一条窄窄的道路。一开始走在路上的时候，我边走边回头看他们，心里嘀咕着自己是否走错了，边走边怀疑自己的选择，中间那段路，我走得特别欢喜，熟门熟路，似乎这条路我之前就走过，走到后半段的时候，我迷路了，不知道往哪里走，刚好这时候，看到有位妇女坐在路边的三轮车上。于是我走上前问：“大姐，我要去上班，迷路了，请问可不可以送我一程？”她答应了，让我坐在车斗里，她在前面用力地蹬着，看她那么吃力，我有些心疼。突然，她把车停了下来，回过头看了我一眼，只见她面容模糊，皮肤黝黑，虽是一位女性，但有黑色的八字胡须，身上的衣服也有些破旧。她看了看自己手里拿着的价格牌，说：“你不需要六块钱，三块钱就够了。”说完，她继续蹬车前行。到这里梦醒了。至今我也不知道梦里的自己是否到达了目的地。

梦没有给我答案，路还得自己走。有时候我和甄开玩笑说：“要不你放我去修身养德一段时间吧。”这是我的真实想法，我想撇开一些世俗的东西，静下心来，研究那个一直盘旋在大脑里的问题。为了让甄宽心，我说：“老公，我会回来的，这点我很清楚，我只是想看清人世间的一些人、事、物，然后从容地生活，不想稀里糊涂过一辈子。看过之后的回归才是真正的回归。”他没有回答，只是静静地抱着我。在那一刻，我知道他懂我，纵使所有人不理解我的行为，但只要有他懂我，足矣。他常说：“当年岳父没有限制你，让你随着心跟我来宁波，我也永远不会限制你。”

当知道有出海任务的时候，我很欢喜，真的很欢喜，感觉像是上天的特意安排，在我需要独处的时候，送来这样一段时光。我跟甄说：“你就当我是去修身养德了，而且还有报酬，多好。”他愉快地同意了。同事们不理解我的行为，为我叹息，觉得为了工作把家庭抛在脑后，不值得。然而，我自己知道什么才是我真正需要的（至少在那个当下，那是我急需的）。我的心是平静和喜悦的，只是他人没有办法理解和感受罢了，因为他们看到的只是表面。

虽然我清楚地知道，自己心里放不下小鱼儿，总觉得在他需要我的时候，没有陪伴在他身边；同时我也很清楚，如果不出去，或许我一直都找不到答案，会一直处于迷茫期，如果自己都没有活明白，自己对生活都没有了激情，怎么去陪伴孩子成长呢？说不定处于那个状态的自己对于孩子而言，是一个带着负面情绪的人物，反倒会带不好孩子。为了以后一家三口更好地生活，我能更好地陪伴在甄和小鱼儿的身边，这次我必须出去，或许这次远行，对于我的人生来说是一个大的转折点，在蔚蓝色大海的净化下，或许我能找到真实的自己，找到自己人生的方向，不再迷茫。

除去刚开始在船上生活时身体的不适之外，来这里的每一分每一秒，我都特别珍惜，几乎没睡过一次懒觉，因为我深深地知道，难得有这样清静的环境供我修身养德。每天什么时候做什么事，比如什么时候看书，什么时候练瑜伽，什么时候背书、写作，等等，我都一一按照自己给自己制订的日程计划进行着。当然，有时候也会羡慕室友们，羡慕她们有工作时全身心投入，没有工作的时候，就像是在陆地上过双休日一样，悠闲地吃饭睡觉，找各种活动来打发时间。而我除了工作，还有另外一件更加重要的事情需要做。我很清楚自己来这里的另外一个目的是什么，所以不舍得浪费时光，每分每秒都想用在自己的身上，一百八十天如一日地默默地进行着。

在此，我很是感恩，首先感恩有这样的机会，让我可以静静地在不被打扰的情况下，按照自己的意愿安排时间（除了在这里用在必须完成的工作和学习上的时间），寻找自己，修正自己；其次感恩在这里遇到的每一位室友和其他同志，他们是那么可爱，那么善良，在我冒犯他们的时候，他们选择了大度包容，并关心我的身心健康；最后感恩我的家人和同事们，因为有你们守护着大本营，我才可以安心地在这里修身养德。由衷地谢谢大家。

2018.6.3

序言三 岸上

这是本书的第三篇序言了，之所以再写一篇序言，是因为这是站在这一边的“河岸”上写的，第一篇序言可以说是站在那一边的“河岸”上写的，而第二篇是站在“河中”写的，所以这一篇算是一个阶段性的收尾吧。

从刚开始他人的一句话，会在我大脑里盘旋几天甚至几个月，到现在当再有念头起来的时候，我能觉察到自己的一呼一吸，思绪就立马回来了，回来了之后主动权就在自己手上，自在就开始了，那个当下就可以去做任何让自己感到舒适的事情。这中间经历了很多，遇到了很多事情，但是在所有这些事情发生的时候，在自己最绝望，或者说差点想放弃的时候，是内在的那股力量，或者说是使命指引我一步一步走到了现在。此刻，再回过头去看自己走过的路，经历过的情绪波动，它们如梦幻泡影一样飞走了，现在的我内核蜕变了。

其实出海刚回来的时候，我就想出版这本书，但是时机未到，最主要的是自己的内在还需要提升，所以等到了这一刻。当看到人与人之间的不同在于思想意识，而物质基本相同时，我的分别心几乎没有了。这种释然不是说放下某件事或某句话就能获得的，而是内在思想转变所带来的。

昨日看视频的时候，听老师讲有一位女子跳楼自杀，留下的信息是，“我的死与他人无关，只与我的大脑有关”。我的眼泪瞬间下来了，深知这种来自大脑的“折磨”。

好在，每每处于低谷的时候，都有一股力量将我拉起来。那天通过与燕子聊天，我好像知道自己要做什么了。贫穷、低落、抓狂等我都经历过。人生路走到现在，我并不是如表面看起来那样一帆风顺，而是经历了很多连父母和伴侣都不知道的深渊。

富足，多少人梦寐以求的状态，无论是智慧的富足，还是财富的富足，还是其他方面的富足，都是一样的。可是真正的富足在哪里呢？在我们的思想里，在我们的意识里。人与人之间的区别在哪里呢？也是在思想里，在意识里，是思想和意识引导着一切的变化。

思想和意识又来自哪里呢？是怎么形成的呢？这个核心不找到，做得再多，可能也只是在“术”上面做功夫。假若思想来源于教育，那么意识呢，是否来源于我们的“使命”？一旦找到了这个问题的答案，大脑就会处于清明的状态了。感恩。

2020.12.14

序言四

新开始

今日是2021年的1月6日，这本书也即将整理完毕了，在整理时忽然发现，原来自从有了“我想要写本书”这个愿望之后，我的生活和工作似乎都在围绕着这本书转。

这个愿望就像是一根从下而上的支柱，而那个当时许愿的我离它很远，只是观望着，然后生活开始从观望的那个点，围绕着这个支柱转圈前行，这个圈在绕行的过程中越来越小，当有一天圈小到和支柱合二为一的时候，也就是愿望实现的时候了。

当明白了这个道理之后，对于许愿这件事情，看来得小心谨慎了，因为愿望会执着地带着我们前行。同时，在实现愿望的过程中，我们也在慢慢地与愿望同步，开始与愿望并轨。

此刻，“我想要写本书”的愿望快要实现了，围绕着这个愿望的感悟和情感也在此刻放下了，我可以放松地去更好地生活了。感恩和感激这一路以来支持和包容我的亲朋好友们，感恩你们给予我时间和空间去实现愿望。同时，也感恩回过头来落地生活的自己。愿，美好如约而至。

2021.1.6

目　录

第一部分　迷 / 001

第一章　迷茫期 / 003

第二章　成长期 / 060

第三章 点滴 / 150

第三部分 转 / 179

第四部分 新 / 221

附文 我的平凡的世界 / 225

第一部分

迷

书中提到的不同时期是相对的，然而它们之间也是交叉的。即使现在已经完成了这本书，我也还是会回到寻找期，寻找不同年龄阶段的不同感悟，这本书只是对生命流淌到现在的一些看法，或许未来我会按照这些看法坚定地走下去，也可能未来我会抛弃这些，打破这些，有了更深一层的领悟。并不是说，经历了这次的迷茫之后，在未来的道路上，我再也不会迷茫，我相信还是会迷茫的，只是会因更深一层的问题或者是某个时刻新的问题而迷茫。但是因为有了这一次从进入迷茫到走出迷茫的旅程，我才对未来可能遇到的情况有了信心，知道那只是一个过程而已，或者说是一个人集中精力充电的时期而已，没有什么可怕的，跨过去，阳光和雨露在静静地等待着为我们进入旅程而喝彩。

第一章　迷茫期

急急忙忙赶往哪里

下班后，走到单位的大门口，我长长地舒了一口气，感觉终于可以休息了。刚刚因为一位男子的不礼貌，我有些生气，忍着没有说出来，但是情绪受到了很大的影响，人有些低落。走到地铁口，我在心里默念着“下班了，下班了，下班了……”，声音一遍比一遍大，想通过这种方式让自己打起精神来。

塞上耳机，我本想听点音乐，却想起由于手机内存小，昨天一狠心，把除了《心经》之外的所有歌曲都删除了。那就听它吧，有一个总比没有强。

走在鼓楼的大街上，看着人群，我有了想回家的念头，想回的不是现实里的老家，而是心里的那个家。记得小时候在家里，我常常站在房间的窗户边上，看着外面的田园，再望望天空，也经常冒出想回家的念头。那时候的我很困惑，又不敢把自己的真实想法告诉父母，因为自己已经在家里，怎么还老是想回家呢？不明白这个思绪是从哪里冒出来的，就像现在一样，不知道为什么走在大街上看着人群就突然想回家了。或许说明在那个当下，我的心没有在家里，心在家外了吧。

看到一个石阶，我就地坐下来，静静地看着眼前的鼓楼中干道，看着一群一群的人从眼前“流”过，有的在赶路，有的边走边冲手机嚷嚷着。我很想问问他们，这么赶，是要赶往哪里呢？如果终点已经确定，迟早会到达，那么又急什么呢？我拿起手机，把镜头对准地面，拍下这些急匆匆的脚步，留下他们匆忙的瞬间，好提醒自己慢一点，因为慢才是生活的真谛！

时候不早，我该回家了，过马路的时候，可能我的思绪还没有回归，一辆电瓶车从我身前飞驰而过，我整个人呆住了。等回过神来的时候，发现在那个当下，心是最先反应过来的，明显地感觉到，心往里往后缩了一下。当下的那个感受告诉我，心是最敏感、反应最快的。豁然开朗，我嘴角微微上扬，接着前行。

2017.11.15

蜂窝中的人们

我站在自家楼顶，一眼望去，全是高楼，每一栋高楼都像是一个马蜂窝，每一个小孔里住着一家人，每个人为了自己的“小窝”奋斗着，还有些人辛苦了一辈子，也没在这里拥有一个“小窝”。

走到哪里，都能看到人群涌动，可是与我们存在交集的却只有那么几个人，而且在这几个人里，真正交心的又寥寥无几。我常常想：这样一群人之间到底有没有关系，如果有，是什么关系？如果没有，那为什么会相聚？

记得上次去厦门旅游，顺便去看望了大学的一位室友。在去她家的路上，我突然意识到，在这偌大的厦门，我认识的人只有一个她，一下子觉得自己的网很小，对这个世界的认知也少得可怜。我们每天活在自己的井底看着天空，也在自己狭小的思绪里生活着，以至于对外界的风吹草动感到陌生。

表面上看，一群人在一起热闹非凡，可是每一个个体又显得那样孤独，每个人都有自己的不易之处，都在咬牙前行。

与我住同一个单元的一位老爷爷，他和他老伴在年轻的时候都是单位的骨干，现在退休了，儿女们也都大了，分别在不同的城市生活着，只剩他们俩在这里生活。每当看到他，他那有点木木的、走路蹒跚的样子，都给我一种凄凉的感觉，似乎是一阵冷风从我的身旁飘过，凉飕飕的，我的心也跟着紧了起来。不知他将要走向哪里，又在等什么，难道就这样熬日子吗？他的眼睛呆呆的，身体老了，思想是否也老了呢？

以前我喜欢说等我退休了就去做什么，而现在我一直问自己，真的要等到退休了再去做吗？未来的我也是这样的吗？也如此度日吗？

我抬头看着远方，身在这里，心系遥远的他乡，似乎那里才是自己的根，周边这几万人，对个体而言，又有何意义呢？为了心里的根，每年过年全国都要来一次“大迁徙”。每个人都努力地生活着，活成自己心目中的模样，有时候我会感慨，这活着的背后意义是什么呢？

2017.11.17

世界里的世界

一个人的时候，我喜欢坐在书房的榻榻米上，静静地看着眼前的世界。看着看着，视角随意地转变起来：一会儿从一朵花或一棵草的视角来看眼前的风景；一会儿从空中俯视着这一切；一会儿飞到地球的外面，远远地看着这个美丽的星球。

那一刻我忽然明白，其实世界有很多个，大大小小不同，相互包容、相互有交集、相互分离，就像是中学里学的欧拉图中表示集合的圆之间的关系一样。在我们认为大的世界里，有许多独立的小世界，小世界里还有再小的世界，可以永无止境地裂变下去，即使分到原子的层面，那里面还是有一番天地的。这些小的世界聚集在一起，形成了一个大一点的世界，与旁边同样大小的世界再一起组成更大一点的世界，即使整合到银河系的层面，外面还是有一番天地的。

这让我觉得自己有时候渺小得如一粒沙尘，有时候伟大得如整个宇宙，这就看是以什么为参照物了——以整个地球或者整个宇宙为参照物，我如一粒沙尘微乎其微；以我体内的一个细胞为参照物，我如浩瀚宇宙般神秘。即使是一个细胞，在显微镜下，也包含着一个复杂神秘的世界。

世界里有世界，世界外也有世界。这世界可大可小，看似相互独立，实则息息相关。

套娃之家

陆老师出海一年，今日得知他已经进入祖国的领域，科室群里大家纷纷发来欢迎陆老师回家的消息。看到这些，我的心有些颤抖，眼眶湿润了，我想此刻的陆老师应该激动得哭成了泪人吧。这次远行，经历了四季，对她而言，仿佛经历了一个缩小版的一生吧。

我们

离开了家，方知家的好；

离开国家，方知国家的好；

离开地球，方知地球之家的好……

家就是这样，像套娃一样，每一层都可称为家，只是所包括的范围不同。人的心有多大，家就有多大。

层次不同，高度不同；高度不同，境界不同；境界不同，心容量不同；心容量不同，世界不同；世界不同，格局不同。

走出去，再走回来，然后微笑着坦然从容地生活。

2017.11.29

脚下最拥挤

“前面若没有停车位怎么办，就停这里吧。”

这是我以前找停车位时的想法，为了避免前方没有恰当的位置而无法停车，我便提前把车停得远远的，再走到自己想去的地方。或许是因为内心深处有一份对未知的担心，担心如果前方没有车位怎么办，那还不如在能看得到车位的地方先占一个位子，可是结果，往往连自己都抱怨还要走那么远的路才能到达。

所以今天我一直暗示自己，前面有停车位，往前开，在最合适的地方停下吧。真的，结果是我如愿地在离景区最近的地方找到了停车位，而且还有好几个停车位供我选择，这让我喜出望外，也改变了我之前的一贯想法，先在恰当的地方下车，如果没有再回来也不迟。

这让我想到，每个人都有过理想，而有些人因为担心理想无法实现，于是提前给自己找了一个落脚点。安定下来之后，发现落脚点离梦想太远了，索性放弃，重复着脚下的生活。

其实，如果每个人都是这么想，那么脚下才是最拥挤的地方。最后的结果往往是，看着脚下过日子的人越过越艰难；追着梦想过日子的人越过越轻松。因为一个是被迫生活，一个是创造生活。

2017.12.4

徒步寻找

今天是我夜休的第二天，吃完早餐，背上电脑包，拿起一把雨伞，跨出了家门。因为没有设想好目的地，所以，我一路往前走，心想走到哪里就是哪里，走到不想走时就停下来坐坐。

我在这一片居住三年了，此地离我的小区也就两里路，可我从来不知道这里还有一个大棚区。栅栏门口的地上和凳子上，摆放着可能是早上刚摘的蔬菜。我很少买菜，即使买菜也只知道去超市，却不知道在离我这么近的地方，有这样新鲜的蔬菜地。看着这一幕，我问自己，算是生活过的人吗？如果不是今天出来走走，或许再过几年我也还是发现不了这里的风景吧。每天我们似乎很忙地上班下班，回到家带娃，两点一线，麻木得就像是一台被设定好程序的机器。

我接着前行，走在朦朦胧胧的细雨里，看着路边慵懒的花草，路上急匆匆飞驰而过的汽车。在那个当下，我依然是迷茫的，很想从这里面寻找到心底想要的答案。可是没有应答，不知道谁对谁错，谁好谁坏。只是，我开始明白了自己的心，偶尔这样走走、停停、看看的放松方式是适合我的，算是一种心灵的依恋吧。

雨越下越大，路过一个科技馆的时候，我进去避雨，发现这里的环境清新脱俗。特意找了一个正对后门的位子，盘坐在小沙发上，然后打开电脑。望着外面烟雨蒙蒙，感知到自己的脸红润地绽放开来，这是我梦寐已久的生活方式呀——看着外面木地板上的雨滴在那里欢快地跳动着；听着大厅里优美的歌声和外面的雨声；感受着雨随风落在地上的声音，给人一种别样的幽静和舒心。

我闭上眼睛，感受着湿湿的像雾一样的空气吹在我的脸上，我想，这比任何一款雾化器的补水效果还要好吧。晶莹的雨珠子吊挂在铁栏的下缘，像是一个个迷你水晶灯系在了栏杆上，又像是一颗颗的透明珍珠在那里静静地发着微弱的光。大厅里悠扬的交响曲再次响起，我伸了一个大大的懒腰，松开盘坐的双腿，听到外面传来了放炮声，想必这是哪里又有喜事降临吧。

走了半天，有些饿了。我开始寻找吃饭的地方，心想，这时候若有两个热腾腾的白馒头，该是多么幸福的一件事呀，体验到了简单生活的喜悦。我突然意识到：其实人所需要的很少，吃饱穿暖而已。之前想在“双十一”购买的东西，此刻决定不买了，把这个钱用在刀刃上吧。

就这样，半天的时光过去了，这半天对我而言就像是过了一个世纪，不仅无形中拉长了宽度，最重要的是丰富了自己的心灵，给了心灵一个安静的时空，任其翱翔。

供养自己

当早晨的第一缕阳光照进房间的时候，我睁开双眼，看着自己的身体，忽然觉得对不起它。一直以来，我嫌弃它不够完美，然而它是从何而来的呢？它又是怎样变成这副模样的呢？

是我自己导致的。它的每一个细胞，和我吃进的每一口食物、呼吸的每一口空气、闪过的每一个思想、说出的每一个词语、露出的每一个表情都息息相关。我又有什么资格去嫌弃它呢？想当初它初入人间的那一刻，是那样的柔软细嫩。当我为自己一直以来对它的不满意感到惭愧和忏悔的时候，却发现它在阳光底下，是那样的健康，那样的充满活力。

那一刻，我爱上了它，是的，我爱上了它，爱上了这个身体。也就是在那一刻，我开始感恩和感激它，感恩它的不离不弃，感激它带着我体验了无数的人间风情；感恩它的任劳任怨，感激它带我尝遍了人间的酸甜苦辣；感恩它的活力四射，感激它带我目睹了祖国的壮丽河山；感恩它的真情流露，感激它带我沐浴了真挚的爱恨情仇……

醒悟之后，我对吃进去的每一口食物和吸进去的每一口空气，都心存感激，感激它们的到来，感恩它们将要变成我细胞的一部分，我真诚地欢迎它们进入我的体内，虔诚地期待它们滋养我净化我。对于闪过的每一个想法、说出的每一个词语和露出的每一个表情，我都在心里用爱将它们冲洗干净，让它们散发出自己独特的体香，然后给它们穿上平和喜悦的外衣，最后把它们展现在世人的面前，让它们能够滋养对方的心灵。

看见自己

当我看见了自己之后
不再因为夸奖的语言而高兴
也不再因为污蔑的语言而悲伤
因为我知道
那些语言描述的不是真正的我
只是他们每个人心里投射出来的我
真正的我
在我自己的心里
与我永远在一起

聊天

聊天
不只是——
词句的堆积
情感的宣泄

而是——
聆听心的声音
感受身体的反应

面朝太阳

面朝太阳，闭目沉气，让阳光照在我的额头上，照在我的眉心间，在心底里问太阳要生活的答案。当再次睁开眼睛的时候，我发现之前灰不溜丢的环境变得明亮了。我不知道是我的眼睛变明亮了，还是我的心变明亮了，反正眼前的景色清晰自然，被阳光包裹着，像是经过了心雨的洗涤，除去了所有表面的灰尘，露出了它们真实的面貌。

朝着阳光，行走在地球上。

这一刻，我放下了生和死，开始像小时候一样自由自在地行走，让生命在时光里绽放。一种生存的喜悦传遍我的全身，这一刻，所有世俗的东西似乎都显得那样的渺小和微不足道，内心只有欢乐。

这一刻，我不再背着你们前行，把你们都放下了，轻松自在地舞动着。正如王老师所说的：找适合自己的群体，让你的身体和心寻找答案，以开放的态度包容大家的存在。我们要让自己越来越自由，而不是越来越束缚；让自己越来越开放，而不是越来越狭浅；让自己越来越明朗，而不是越来越迷茫；让自己越来越想把日子过好，而不是越来越远离原本的生活环境。抛弃外在环境赋予的自己，回归原本智慧自足的自己。生活的脚步不是越来越重，而是越来越轻，轻盈到可以随时自由地舞动。

生活的最高境界

原来，生活的最高境界就是把每一天过好，吃好三顿饭，睡好一宿觉。每个人都或多或少地在追求幸福，若求之不得，苦就来了。

看透之后，带着一颗觉知的心去生活，活着的意义就在于此。在工作中不求回报，踏实做好自己的本职工作；在生活中不求富足，尽心地把生活过好，将自己的生活过得富有诗意，在自己的时空里岁月静好。

现在明白：为什么一路苦苦追寻，最后在到家的那一刻顿悟。因为真谛在家里，在日常生活中，是踏遍千山万水之后的回归。不同的人，以不同的方式生活，在寻求生活给予他们的答案，然而生活本身就是答案，去掉生活去求生活的答案，岂非缘木求鱼？

每个人在自己的能力范围内让自己活得更好，已足矣。不去评判别人，也不去和别人比较，这才是真正地活在当下。每个人承受着不一样的东西，或许你在承受着A，而他在承受着B。能说谁活得更好吗？其实都好。只是因为有了比较，有了求，就开始不安分了，开始觉得自己是多么的不幸，其实在你的时空里，此刻的你是最幸运的结合体。

静静地看着窗外，看着雨滴打在玻璃上，它的动与我的静完美结合。把生活过成自己想要的样子，就是最好的状态，全然地敞开接纳大家，更是接纳自己。

会合点

刚看到朋友圈里朋友发的去巴厘岛玩的照片，要是以前我会很羡慕，然后看看自己的假期，心中惭愧。然而今天，我完全没有羡慕之意，更没有自行惭愧之语。有的只是感悟和感谢，感悟到每个人都在自己的能力范围内让自己过得更好，感恩自己也在自己的能力范围内让自己以及家人过得更好，这是不是所谓的沉淀？如果是，我很开心，我渐渐有了自己的人生观和价值观，虽然有点晚，但是感觉还不算太晚，因为我还年轻。

为了寻找生活的意义，我做了很多追求之事，各种各样的追求，也曾一度迷茫，看着各种各样的人过着各种各样的生活，不知道自己该走哪条路，不知道哪一条才是属于自己的。他们的人生观、价值观我虽然欣赏，但是不可同用，按照他们的人生观、价值观去生活，也不是我想要的，以至于我觉得活着太累太无意义，甚至于想放弃生命，现在看来是多么可笑，好在这一切都过去了。

回过头来发现，虽说每个人所走的道路不同，但终将在某一点会合，所以不用纠结自己走哪条路。走适合自己的路，走可以发挥自己长处的路，走使命为自己安排好的那条路即可。一旦选择好了，就要坚持下去，“既然选择了远方，便只顾风雨兼程”，迟早有一天，我们都会在那个点上会合的。

最明亮清澈的安放处

站在镜子前，我看着镜子中自己的眼睛，看着眼珠子里那个最黑最亮的点，似乎那里面住着我的灵魂，那么的明亮而清澈，不管外在怎么变化，那里面永远都是那么清澈又明亮。看着看着，我似乎回家了，眼泪瞬间流了下来，它就像是另外一个我，在看着我欣赏着我。

我常常在眼睛里寻找安慰，我那无处安放的灵魂也在那里找到了落脚点，得到片刻的休息。看过了世间的爱恨情仇之后，感恩它依然保持着最初的模样，它的清澈是给我最好的安慰，这似乎是在告诉我，我还是最初的模样，还是那样的清澈透亮，不带一丝杂质。

我不想因为见过了世间，便给它蒙上一层灰色的外衣。上大学的时候，我见过一个同学，他的眼睛是灰色的，还带着一些土黄色，那样的灵魂让我不敢靠近，因为已经被包裹了太多太厚的杂质，失去了它最初的模样。

也许是从那时候开始，我开始关注自己的眼睛，意识到这是灵魂的存放处，所以用心地让眼睛一直保持着最清澈的模样。记得在一部电视剧里，一位年长者望着一位青年说：“孩子，无论在什么情况下，请不要失去你那纯洁的心灵。”这句话是她通过这一生的经历所得出的结论吧。如果失去了自己纯洁的心灵，那么即使拥有了全世界，也是枉然；即使一世繁华，也是虚无。

随记

一则　内在的小孩

我们每个人

心里都有个小孩
为了守护她
我们做了很多努力

只是有的时候
我们向外求
以至于忽略了她

当我们开心的时候
她在里面唱歌、跳舞、欢呼
当我们低落的时候
她在里面默默地发呆

以前天天问自己活着为了啥
当下明白
所有的外在都只是为了让那个内在的她成长
她高兴了
就好了

在为人处世时
多想想她的感受
想想此时的她
怎么样了

二则　起点和终点

知道了起点

知道了终点

只是忘记了其实起点就是终点

就像是太极的两个点

转快一点

就成了一个点

快了就会缩短

慢了才会拉长

三则　问自己

什么是可以带走的

就把时间和精力放在这些上面

问自己

那么什么才是可以带走的呢

所有

带着爱的行为

那些让自己感动的瞬间

那些让自己热泪盈眶的时刻

当走的那一天

我们的脑海里只会记得这些

问自己
那我该如何生活
抓住任何一次让自己感动的时刻
因为那是对心灵的洗涤

四则 鸡毛蒜皮

鸡毛蒜皮
永无止境
深陷其中
不能自拔

你家我家
都是自家
归根结底
源于自己

理说不清
爱自融化

五则 天地之间

微笑着
看向天空
感受宇宙的浩瀚
看向地面

赞叹地球如水晶一般美丽
而我
在这天地之间旋转飞舞

六则 归零

一切都是真的
一切都在循环
如此往复

没有给予
没有接受
只有循环

最终都会回到原点
回归为零

七则 成熟的过程

成熟
得经历
上蹿
下跳
褪色
裂开
脱壳

八则 散与合

散开

如同逃亡

狰狞随之而来

合拢

如同火炬

照亮一方热土

九则 言、行、念的力量

一句话可能决定一个未来

我们在这个世界上

没有偶然只有必然

一言一行一念

成就了我们的未来

高级的人

能够掌控自己的言行和念头

低级的人

则是任由念头此起彼伏，把任性当率真

我们一步一步造就了各自的未来

修行说到底

是修言行举止

修心正念

十则　往复

看到自己

找到自己

忘记自己

在人生的长河里

重复地演绎着

十一则　看透幸福

囚笼里的人想

拥有自由是多么幸福的一件事

密闭空间缺氧的环境里的人想

能够大口呼吸新鲜空气是多么幸福的事

离开家的人想

能天天陪伴老婆孩子是多么幸福的事

天天在家的人想

能周游世界是多么幸福的事

每个人的生活状态都在被其他人所羡慕着

你没珍惜的生活

或许正是其他人向往的

珍惜属于自己的那份幸福吧
因为你不知道有多少人正在努力地追寻这样的生活
你正生活在许多人羡慕的幸福里
你发现了吗

当遇到坎儿的时候
问自己
我可以自由地呼吸空气吗
可以，真好
我有食物和水吗
有，真好
我有地方睡觉吗
有，真好
我有家人吗
有，真好

既然生存所需要的一切都有了
那么还有什么过不去的呢
让一切流淌过去吧
幸福跟随其后

把生活过好

早上八点下了夜班，我走到医院大门口，忽然像是发现了新大陆一样——医院门口靠近马路的地方建了一片绿化带，还有石凳，看上去很是悠闲。然而我天天从这里经过，却从来没有发现这些变化，也不知道这绿化带是什么时候开始存在的。

我坐在石凳上，享受着阳光洒在身上的感觉，暖融融的，一下子觉得生活真好，活着真好。昨晚还因为考试的问题和思考人活着的意义把自己弄进了死胡同，此刻回头看，倒觉得“没啥大不了！”

晚上全家人去小弟家里吃饭，我忽然很是感激家人，是他们的关怀让我走出了困境。一家人其乐融融地吃饭看电视，这看似很平常的场景对我来说很是幸福。一向不爱看电视剧的我也跟着小妹一起看《平凡的岁月》，觉得里面的人都很朴实很落地地在生活，这样真好。

这就是生活吧，我突然回过神来，想了那么多关于宇宙的事情，竟忘记了作为一个活生生的人最应该做的事情就是好好生活，把自己活好，至于意义这东西，随着时间的推移会慢慢地展现在我的面前吧。正如作家蒋勋所说的：没有绝对精神上的快乐，也没有绝对物质上的快乐，走向极端的任何一边，都可能导引出一种不健康的生活。

把自己活漂亮，把生活过好，过成自己心中的模样，这些才是当下生活的真谛。至于死后的事，至于生前的事，就交给宇宙吧，我就不替他老人家思考了。

回归

平静安详地记录着自己的心路历程，很感激自己走出来了。

当初我把自己塞进笼子里，然后再砸破笼子，从里面走出来。

此刻，我告诉自己不再寻找，因为智慧也好，安住的心也罢，这些本来就在我自己的身上，去外面怎么可能找得到呢？只会越找越迷茫。当我不再寻找的时候，眼泪顺势流淌下来，内心在涌动，似乎在说："我一直在这里等你，等你回过身就可以看到我。"我感到惭愧，在心底说："对不起，请原谅我的无知，谢谢你一直都在那里等着我回头。"

回过头，看着以前的自己，虽然每天做着看似是修行的事情，可是心是盲从的。自己是在不知道怎么办的情况下，随手抓住一根稻草，以为就此就能解脱，可以应对所有的事情了，然而外界一旦有任何的风吹草动，自己还是坐不住，甚至进入更深一层的迷茫中。

当有一天你可以觉察自己的身体真实存在，那么心也就安住了，因为那时你才会去照看这个身体，感激这个身体让你有机会体验生活。那时才是真正的回归，回归到生活的本质上面去，安安静静地吃喝睡，微笑着与家人和朋友一起度日。心里也有了底，知道未来会怎么样，知道这一趟人间之旅是为什么而来，找到了内在的自己，也找到了自己的使命，跟着它的脚步，沿着铺展开的路前行。

低频只是为了下一个高频

早上起来，人有点疲乏，有气无力的，本来想找个办法让自己兴奋一下，提提神，但大脑里另一个声音说："就在这里待着，做好身边的事，低频是一种自我保护模式。”人的情绪是有周期性的，不要刻意让自己嗨起来，那样是很耗能量的，只要不让自己胡思乱想，就这样待着，减少消耗也是一种自我保护机制。

若在低频的时候，待不住，非得找点事情刺激刺激，最后表面看似是热闹了，其实内心是空的；越这样热闹，等安静下来后，被掏空的感觉就会越强烈，形成一个恶性循环。心在很“嗨”的外衣下，是苦涩的。反之，如果能够认识自己，认清形势，让自己泰然处之，心在看似苦的外衣下，是快乐的、喜悦的。也正是在这样静静地观察之下，我们可以更好地看清自己。

低潮只为等待下一个高潮。太阳会东升西落，月亮有阴晴圆缺，周而复始。所以不要急，不要慌，都会过去的，都会到来的。月缺的时候，静待月圆；月圆的时候，体会圆满。

低频只是为了下一个高频。允许低频自由地流淌，如果老是在想怎样赶走低频，是什么导致的低频，那么只会让低频持续的时间更长些。学习成长，不是为了避免低频的出现，而是允许各种情绪流淌而不被其拴住，让头脑处于清澈的状态，觉察那个智慧绽放的瞬间。

承受幸福的能力

置身室内，看着窗外，我们也许会很向往外面的世界，看着外面的蓝天白云觉得太美了，能够享受这一片蓝天是如此幸福，要是出去置身其中，那该是多么美好。

可是真的让你全然置身于蓝天白云之下，或许你不一定有现在这样的幸福感，因为可能承受不了太多的幸福。如果一个人的思想境界无法与眼前的幸福相称，就会一下子承受不了，幸福感反而会降低。

我们在追求幸福之前，先要将自己完全打开，让自己可以全面立体地看待事物，以增加自己承受更大幸福的能力。提高承受幸福的能力才是我们追求的重点，否则即使我们置身于幸福的环境里，也可能感觉不到幸福；即使老天送给我们一份礼物，我们也可能并不认为那是礼物，最终在不自知中消耗了自己的生命，却不知道自己一直是宇宙的宠儿，本可以充分地享受生存的快乐的。

环境很重要，但更重要的是我们内心的感觉，就像当下一样，一家人在植物园里搭建的帐篷里，欢快地享受时光流淌，与其他更加优美的风景相比，这里反而让我感觉更加快乐些，因为路途短，不需要怎么奔波，更多的时光是用在了静静地欣赏大自然上，而不是在路上。此时此刻我在想，即使是在老家田园或者山上的草地上搭建帐篷，我的感受也是这样的吧，这样的宁静，这样的享受，这样像花儿一样绽放着的幸福。

要提高承受幸福的能力，就是让自己有一双发现美的眼睛，有一颗感知幸福的心，可以让自己安住在当下。

敢想

敢想的人，拓宽了自己的视野，未来的路也会越走越远，越走越宽广；墨守成规的人，会让自己活在一个狭小的空间里，未来的路也会越走越窄。其实当我们回归到大自然的时候，会发现有一万种可能，会发现自己当下所困惑的，放在这大自然里，放在大山脚下，放在大海里，算什么呢？什么也不算，只是一粒尘埃而已，风一吹雨一浇，就会无影无踪。

敢想，我们才会去畅想未来，如果跳出现实这个框子，我会去构想理想中的生活，然后去描绘那种理想生活的画面。画面对大脑的刺激是直观的。

敢想就像是给自己的未来种下了一个“因”，等到“缘”足了之后，自然会呈现出你想要的那个“果”。

这让我想起了《断舍离》这本书，书中关于“整理物品”的理念，是让自己当主角，问自己“我还想穿这件衣服吗？”而不是让衣服当主角。问“这衣服还可以穿吗？”同样的一件事，主语不同，所得到的答案也截然不同。

在敢想的情况下，问自己要过什么样的生活，而不是考虑能过什么样的生活。当然，这里并不是提倡拔高生活水平，而是让自己看到更多的可能，让自己认知到自己心里的真实想法，让自己的生活可以过得更加精彩，更加安定和从容，而不是被迫无奈地屈服于生活。

悠闲与无聊

一张照片也有可能成为我们羡慕别人的理由，让我们觉得别人的生活是如此美好，而忘记了自己的生活。火爆的微信朋友圈，让多少人活在了微信里。我也曾一度活在微信里，羡慕着别人，也被别人羡慕着。

人是奇怪的动物，闲的时候想尽办法填充自己；忙的时候想休息，恨不得立马倒头睡觉，如此循环往复。此刻，突然觉得师兄说得很对，我们一直在追求那个平衡点。

其实，悠闲和无聊反映的是同一状态下的两种不同心态！

在我有点混沌的时候，我想起了以前羡慕的那些悠闲之人，羡慕他们有时间把自己养得如此年轻貌美；然而我现在也有时间，怎么可以如此草草地过呢？明白了之后，我躺在榻榻米上，完全放空脑袋，嘴角微微上扬，整个人很悠闲地享受起时光。对的，是在享受时光，看着时光一分一秒地流走，再一分一秒地到来，如此循环往复着，甚好。这可能就是所谓的岁月静好吧。看着这一动也不动的天空，给人一种时光静止的错觉。

我发现，当我们的心平静的时候，一切是那么美好和祥和；当我们的心向外求变得浮躁的时候，一切是那么无趣和迷茫，就像挣扎中的无头苍蝇一样。

小打小闹

一则 知情的情况下，人更容易坚持

比赛看谁平板支撑的时间更久，相互给对方计时。

当平板支撑做到30秒的时候，我感觉自己有点累了，因为不知道自己已经做了几秒，心里嘀咕是不是不能坚持到1分钟。这时甄提醒说，已经30秒了。我心里突然很开心，感觉原来已经30秒了，那再坚持这么长时间就是1分钟了。我像是看到了

希望一样，也不觉得累了。当甄说已经 1 分钟的时候，我心里更有劲了，心想：1 分钟也不过如此嘛，我再坚持坚持就破纪录了。

那一刻，忽然感悟，在知情的情况下，人更容易坚持；不能坚持，不是真的因为不行，或许只是因为不知道还需坚持多久，这种迷茫导致了放弃。

二则　记住特别的事情，那里会有源源不断的能量释放出来

在生活中，我们难免会被鸡毛蒜皮的事情所牵绊，回过头来发现，真正影响人与人之间感情的，往往是一些小事情，而在大是大非上我们反而很和气，可以共度。

为了提醒自己不要在小事情上纠结，我在心底给每个人储藏了一件特别的事情。当有情绪的时候，心底就会从那件特别的事情里吸取能量，于是眼前的事情，就像是海平面上的涟漪，对于汪洋大海来说，并没有多大的影响。

记住每个人一件特别的事，激发内在的感激之源，那么它们就会向你运送能量。在有小波折的时候，这里会泛出美好的花，让你平静地看待这一切。当内在平静，不被外在带着走时，那么事情也就不是事情了。

三则　不开心就看生活中大的方面

不开心就抛开鸡毛蒜皮的小事，想想父母健在，有伴侣有爱情，有孩子有亲情，有工作有收入，今日有吃的有喝的有地方睡觉，等等。这一罗列，你会发现在这些幸福的大事面前，小事显得多么微不足道。

不开心就看生活中大的方面，大事情都是好的，那么，小事情又何必记挂呢？

四则 转移

早上起来，头脑里一直出现一个场景，那是我怀第一胎的时候，医生说胚胎发育不太好建议打掉。我在纠结中挣扎，有一天，两位朋友来看我，带我去吃饭，从见面，我就期待着她们问我情况怎么样了之类的话，可是她们一直不提那事，而是嘻嘻哈哈说着其他事，受她们的感染，我也开始开心起来，忘记了刚刚还深陷其中的事情。那一刻突然很感激她们，是她们让我暂时从纠结中挣脱出来。最后她们说了自己的一些经历，感觉我自己的事与之相比，真的没啥大不了的。也就是在那一刻我学会了如何转移注意力。

有时候我们喜欢活在自己的世界里，无法自拔，似乎眼前这件事关乎天是否要塌下来。当把注意力放到其他事上时，无形之中，那件令你纠结的事也就离开了大脑。

反过来，当身边有人伤心时，我们怎样去安慰呢？低级的安慰方式是迎合当事人；中级的安慰方式是替当事人分析事情的来龙去脉；高级的安慰方式是带领他进入另外一个世界里。在这样的状态下，一句有智慧的话可以直接将他从泥潭里拔出来，让他感受到阳光是那样的温暖和明亮，感受到生命的美好，心生欢喜。

准备说话之前，先静一静自己的心，然后再缓缓地吐出，让自己所说出的每一句话都满含真情实意。让对方在你的话语里感受到宁静，慢慢地转移注意力，待对方进入到一个平静的状态，再调动他自己的主观能动性，从而使他站在一个旁观者的角度去看待那件让他纠结伤心的事情。

五则 想不明白就去做

有时候我们会为了一件事情，思前想后，不仅浪费了光阴，还让人头疼，越想越纠结。

想不明白就去做，去做当下所能做的任何事情。只要你着手去做，做着做着，慢慢地，你的思想也会回到当下，整个人精神很多，思绪也清晰了，头也不疼了。至于那件一直缠绕着你的难题，它好像知道自己不能骚扰到你，认输地走开了。

你会问我，难道那件事就不想，不解决了吗？要想的，也要解决的。想什么？想这件事情你最想要的结果是什么。把思想放在结果上，知道自己究竟要的是什么，解决方法也就呼之欲出了。

当我想不明白某件事时，发现，我想的都是事情的原因、含义、各种可能性……唯独没有想过我最期待的结果是什么。也就是说，对于这件事，最重要的东西我反而没有去想。把精力和时间都用在了思考“为什么会这样”“如果怎样会不会……”上面，在外面游离，却没有回到问题的根本上来。

六则 小小情趣

想起带过来的小扇子，拿出来，悠闲地扇着，本来空洞的大脑一下子清醒了，这一把小小的扇子，带来了悠闲的感觉，通过这一摇一扇，微微的风一阵一阵迎面而来，扇出了生活的滋味，扇出了从容和淡定。

那一刻忽然觉得，过有情调有情趣的生活并不是说得过得大富大贵，而是在力所能及的范围内，通过一些小东西，让自己做出有情调有情趣的事。

七则　清明

当不知道要做什么的时候，人开始昏沉，大脑也开始慢下来，采用对自己有用的方式，进行适当的练习，可以让头脑再次清晰，智慧也在这样的状态下自然地显现，逻辑思维也在这样的状态下自然地展开。喜欢这样清晰自然的自己，至少大脑是清明的，看待身边的人、事、物也是清晰的。

气在身体里上下运转着，身体的细胞在这一吸一呼之间游动，热量在吐纳之间产生，温暖着我的整个身体，喜欢这种美妙的感觉。眼睛明亮而有神，具有了穿透力，心灵开始苏醒，心变了，外界的一切也跟着变了，变得柔软充满爱意，变得明智充满从容。

做好自己的父母

什么叫“做好自己的父母”呢？当你失败了、受挫了，你是怎么对待自己的呢？你会不会自我攻击，自我贬低、自我苛责，认为自己很糟糕？会不会不能原谅自己，与自己过不去？如果是的话，那么当你成为父母后，你的孩子犯错或失败时你也会传递出这样的信息，认为他不行或者他不够好，你会像对待犯了错的自己那样对待他，也教会他这样对待他自己。

当听到别人对你的评价或否定甚至攻击性言语时，你是怎么对待自己的呢？认同别人，怀疑自己，觉得自己很糟糕，就如别人认为的那样？甚至否定自己，攻击自己？还是能够把对方的视角包含进来，理解对方为什么有那样的看法，但不完全认同，依然对自己有着清醒的认识，依然能够看到自己的优点及“问题”背后的原因所在？要坚持做自己，做自己喜欢的，并且心甘情愿地承担自己选择的结果。按照自己的生命节奏蜕变为更好的自己，成为独一无二的自己。

如果你过于认同别人所有的声音，就无法做自己，你也不会允许孩子做他自己。你会让他和你一样，为了得到别人的认同而活得特别累。一旦这样，面对孩子有任何我们认为“不好”“不妥”的行为时，我们更加会想要去改变他纠正他，因为我们爱他，认为是为他好，而觉察不到此时眼睛没有看到的地方。我们的视角越窄，看到的“问题”就越多，人也会变得越来越焦虑，就会“毁人不倦”地“打扰”和“控制”我们的孩子。

所以，我们并不一定要等到有了孩子才知道自己是不是合格的父母，当我们面对别人对自己的评价时，就已经可以知道答案了。

随记

在这汪洋大海里，我的思绪显得那么渺小，渺小到我常常忽略它的存在。心静下来，任由这海水起伏，忘记时间与空间，微微一笑，彻底地回到当下。只有回到当下生活，才会忘记自己是在汪洋大海，或许这次出行就是要让我学会真正地回到当下去生活吧。

其实自己是想家的，只是如果没有找到真正的自己，回去也无法从容地生活，所以来这里就当是修行吧，修行好了，然后以全新的面貌陪伴家人，过着属于我们的小日子。体验过之后的回归，才是真正的回归！

能够来到这世上，已是一件很幸福的事，可是面对生活，有多少人忘记了感恩，开始各种抱怨，渐渐地对生活丧失了信心，从此走向深渊。

就像检验科的仪器每天需要定标做质控一样，人也需要每天定标。每天抽点时间，净化自己的心灵，抽出一点时间与自己对话，问问心里的那个自己，真正需要的是什么。每天矫正一点点，让自己保持在光明大道上，不至于做出违背天理的事情来。

我深深地舒了口气，静静地听着宿舍房顶上管道里的气流发出来的声音，美妙而祥和。

独思

看着镜子里有些变黑的自己，这也许是海风的杰作吧，对着镜子里的自己微微一笑，喜欢大海，当然也要喜欢伴随它而来的烈日和含着盐的海风了。出海也不过如此，体验过，就行了。

在写自己心中向往的生活模样时，我发现自己目前就大致处于这样的状态里，写出来才发现，理想与现实不谋而合，才发现当下的自己是多么幸福。大多数人都是这样的吧，身在福中却一直追求着幸福。每个人都有一颗不安分的心，追求过，经历过，最后慢慢地趋于平淡，开始从容淡定地生活，似乎是看透了这生活的本质。

当发现自己置身幸福之中，一首歌、一杯茶、一本书、一台电脑，也能让我感受到悠闲，这让我很是欢喜。听着张惠兰老师唱的《灿烂的阳光》，边听歌，边喝温水，顺带捂捂肚子。这时候我的心是静的，似乎整个房间的空气里都弥漫着柔和，闭上眼睛，静静地享受着这样的时光。当下即使什么也不做，只是静静地发呆，都觉得生命是那样的美好。

人真是奇怪，处于同样的外界环境，心境不同，整个人的状态也随之不同。外界还是那个外界，却能让人时而喘不过气来想逃离，时而悠然自得。忽然想起一句话——一切唯心所造。如今，我终于明白它的真正含义了。

越来越喜欢自己独处了，似乎在这样的时刻自己的思绪才会完全打开，智慧也会随之而来，很多想不明白的事情也在这一刻迎刃而解了，过不去的坎儿也在这一刻坦然释怀了，犹如烟灰一样，风一吹就不见了踪影，只留下纯净的心。

岁月静好

海上的天气变化无常，傍晚的时候，左边的天空乌云密布电闪雷鸣，右边的天空却繁星满天。

船在海上一直开着，雷达在头上一直响着，我的头也跟着嗡嗡作响，虽然这些无形中的辐射和噪声正在慢慢地影响着我的身体，但我似乎已经释然了，既来之则安之，人生本来就是一趟体验之旅，又何必斤斤计较呢？

盘坐在椅子上面，我的身体随着船的晃动左右摇摆，就像是坐在一个大大的摇篮里，悠闲且自在，似乎我已经与船合二为一了。这样顺势而动是确保身体不受影响最省力的方式吧。

问自己

人的思想是会随着年纪的增长而发生变化的。三十岁之前，天真烂漫纯洁，感觉世界是那么美丽，那么让人心动；可是三十岁之后，身边开始有了死亡的消息，这些信息使我的思想受到影响，让我开始思考人生的真正意义，渐渐地开始明白一些事情……

在刚开始写这些文字的时候，我的情绪很激动，坐在这里写了快一个小时了，我的心情好了很多，人也平和了。不断问自己，自己究竟想要什么，想抓住点什么？回过头来发现，没有什么是可以抓住的，父母、伴侣、子女等，每一个都是独立的存在，大家都是在做好自己的情况下，顺便带好身边的人，这也是为什么说人生是一场孤独的旅行吧，因为很多东西是没有办法分享的，只有在走好自己的这场孤独旅程的前提下，我们才会拥有自己灿烂的人生。

独处的时候，多与自己对话，因为只有自己才是最了解自己的人。知道自己要什么，就全力以赴地去做，毕竟自己的生活还得自己做主，自己的生活还得自己去创造。我喜欢静坐思考、静坐看书，喜欢静坐时智慧优雅的自己，我希望自己能成为一位作家，并且在慢慢地努力，一字一句开始书写自己真实的感受。

一幅画

第一次坐在第一餐厅这样高大上的地方写作，正对面一幅画吸引了我的注意。

画面的左上角是一轮红日，预示着新的一天开始苏醒了。画中被云海环绕的山峰让我差点出现错觉，以为自己来到了黄山之上。画面正中间那醒目的一间红砖小平房把我的思绪拉了回来，那是怎样的一户人家，独立地生活在半山腰上，一条弯弯曲曲的小路直通大门口。若是子女大了，退休的两夫妻生活在如画中的仙境里，那该是多么惬意的一件事呀。

画面左半边直线而下的瀑布在这虚无的云层之间显得那样挺拔。成群的鸟儿在云层上展翅飞翔，它们也在享受着那从上而下飞驰的快感吧。左下方地上的三头牛在树林之间悠闲自在地吃草，一个放牛娃靠着树干悠然自得地看风景。我好像穿越到了画里，好像我就是那个放牛娃，坐在树下看着眼前的瀑布、飞鸟、自己家，别有一番风味。画面的右半边是群山和云海，一直延伸到很远的地方，连绵不断。看得入神时，在画里也看到了自己的影子，是灯光的效果还是真的深入其中了？

就让时光在这里慢慢地流淌，看着它走，总比不知道它是怎样溜走的要好得多。喜欢独处的我，享受着与自己在一起的时光，画里画外一样的宁静与安详。

主心骨之语

生活看似简单，但活好并不容易，要想活好就得有自己的主心骨，就像是我们身体的脊柱一样，这主心骨可以是一句话，一个动作或者一个表情。

以前我的主心骨是一句话，“当你真心需要什么，整个宇宙都会过来帮你”。这句话对于刚大学毕业的我来说很有作用，只要自己的思想有松动或者失望的时候，这句话就可以立马把我拎回来。

对于现在，对于在这孤独广阔的大海上生活的我来说，另外一句话变成了我的主心骨，“生活除了完美就是完美，没有不好的事，只有你看不懂的事”，这句话对于目前状态的我来说很有效，为人处世也好，想家和娃时也好，它都可以让我站在一个更高的角度看待问题，然后微笑释然，内心深处涌现出感激之情，感谢这样悠闲的机会，让我可以好好地利用这段时光沉淀自己、塑造自己，寻找到真实的自己。这与刚来时“打发时间”的想法完全不同，与刚来时呆滞的精气神也完全不同。

人的身体有主心骨，人的思想也需要有主心骨，否则时间久了，思想没有跟上，身体就会随着思想的堕落、散漫、迷茫问题百出。

认可他人

聊天时，若我们总对他人持批判怀疑的态度，无疑会让对方感觉到不舒服、不放松。其实，每个人说话多少都会有点儿避重就轻，听过、笑一笑也就过去了。

细致地观察自己的表情会发现，当批判怀疑他人的时候，我们的脸部表情是挤在一起的，眉心皱在一起，整个人的状态是往内缩的；当认可相信对方时，脸部表情是展开的，眉心自然地舒展，整个人处于敞开包容的状态。经过岁月的雕饰，这些微小的差别，造就出完全不同的面容。所谓的福相就是由后一种表情雕刻而成的吧。

人与人之间的关系，好比自己与镜子的关系，透过他人的面部表情，照出我们当下的表情。与人相交，我们可以更加真实地看清自己，认识自己，圆满自己。

所以下次跟别人聊天的时候，我们也应注意一下自己的言行举止，你若开心喜悦地接纳，也能看见一个喜悦、包容的自己。

享用

一则　细嚼慢咽

早起，进行中脉呼吸练习，几个动作让我从昏昏沉沉的状态回到了清明平和的状态。刷牙的时候，觉察到自己的内心在微笑；吃饭的时候，一句话也不想说，只是专心地享受着食物。

感觉吃饭并不仅仅是为了吃饱，更是为了享受食物在嘴巴里慢慢地从物理变化到化学变化的过程，感受食道和胃的轻微起伏。

身体好比是一台仪器，这台仪器最长的寿命是多少，最大的运行速度是多少，需要我们一点一滴地去挖掘和感知。研究身体这台精密的仪器，与身体对话，每一个部位，甚至每一个细胞都会慢慢地告诉你它的状态和需求，然后按照它的指示给予相应的食物，适量而止，这样的养生才能恰到好处。负荷之后会带来哪些危害，若弃之不用，又会出现哪些问题等，为了让它用得久一点，我们专门为它定制了使用手册。那么人在“出产”的时候，有没有配备相应的使用手册呢？那些长寿的人，或许是提前窥知了使用手册的人吧！

二则　享用早餐

从食堂打包早饭回来，稀饭、咸鸭蛋、黄豆和花卷。为了让自己的营养更加均衡，吃起来更加优雅，于是我拿出小碟子，在里面放上六颗红枣和一小袋坚果，碟子旁边再摆上一盒酸奶。等这一切摆放好了之后，一个整体的画面出现在我面前：一张雅致的餐桌，一个摆放着咸鸭蛋和花卷的碟子，一个装着大半碗红豆稀饭的精致小碗，旁边摆放着红枣、坚果和酸奶，还有半碟水煮黄豆。看一眼桌上的鲜花，我很是满意地开始享用今日的早餐。吃的时候不是狼吞虎咽，而是慢慢品味，用舌头去感受每一种食物的质感，体味着食物在嘴巴里释放出的精华，再把它们送进喉部，送入胃里，整个消化系统像是一个流水作业的工厂。

这种感觉真实而美妙！

三则　吃

昨晚八点左右，小五说饿了，晚饭没有吃饱，于是开始泡方便面吃。她泡的方便面，闻起来很诱人。小菊姐说，真羡慕年轻人，这个时间点还可以吃东西。其实说实在的，我也是羡慕的，也很想吃，只是觉得不健康，于是理智地打消了这个念头。

今天早上巡诊的时候，黄主任说有位医生自己是糖尿病患者，在吃饭之前先计算出这顿饭所吃的能量，再计算出消化这些食物所需要的胰岛素，于是，吃饭之前先注射进去计算好量的胰岛素。听到这儿的时候，我心里不由得感慨。

“年轻的时候，要注重身体健康。”这句话说起来简单，但做起来不容易，因为大部分人认为：人活一辈子，该吃吃该喝喝。《老家》这本书的作者也说：我无法判断，让父亲喝酒吃肉享受日常的快乐和让他很痛苦地控制饮食以维护健康哪个更好。

都是好的，一个收获了享受，一个收获了健康，就看自己更倾向于哪一个了。

二则

一则　尘埃

阳光透过窗户射进房间，在空中形成了一截光柱。此刻的我悠闲地坐在椅子上，静静地观看着这光柱，流动的尘埃在光柱里是那么清晰。它们就像精灵一样，在光里翱翔。或许正是因为有它们的存在，光才得以显现，它们是传播光的微小媒介吧。

那一刻我仿佛看到了世间万物，看到了组成我们身体的分子，才明白：我们的眼睛太有限了，有限到只能看到人世间很小的一部分。

也就是在这一瞬间，我觉得自己活明白了，似乎看透看开了一些什么，至于到底看透了什么看开了什么，连自己也说不上来，或许是没有办法用有限的词语来形容吧。

二则　心明亮

在我六神无主的时候，抬头看到房顶上的阳光，那阳光仿佛直接照进了我的心坎里，让我的心明亮了起来，似乎在那光里，我看见了自己。

心静下来，我笑了，原来光明一直都在，只是自己时常遗忘了而已。当心中的光明被点亮的时候，身边的人也变得那么和蔼可亲起来。内心被包裹着的光明与他人心中的光明相融，成为一团更大的亮光，就像滚雪球一样，越来越大，去唤醒那些沉睡中的光明。回过神来发现，这一点点的内在之光，一不小心照亮了那么多的人。

现实与梦想

船再次离开码头，朝大海中心驶去。我没有依依不舍，反而觉得太好了，生活终于回到正轨了。前两天靠岸，难得有网络，大家都抓住这难得的机会，于是都成了“低头族”。

然而，早上吃完早餐回宿舍的路上，室友们纷纷表示自己的话变少了，对于朋友圈也没有什么想看的，除了父母、孩子、伴侣，与其他人也不知道说什么，似乎短短两个月的“空白”让大家与很多人有了隔阂。

说实在的，当看到科室群里信息的时候，心里有一种庆幸感，庆幸自己当下不用受它的限制和约束。可是我也明白，这只是暂时的。理想中的生活是不受约束，但现实生活往往有太多的条条框框。

在看完《人生》一书后，我开始很全面地看待自己的理想和现实。在现实面前，我们向着理想的方向，一天一个脚印地走，或许有一天真的就到达了彼岸，但是如果抛弃现实，那么理想也会成为泡影。接受现实，让理想成为指路明灯，照亮前方的路，我相信：理想与现实交织的那天，会迎来新的自己。

2018.5.29

人际交往

昨天与姐姐聊天，姐姐说："其实你会聊天的，我看你跟领导聊天聊得挺好的。"我说："我没有把她当领导，而是当朋友在聊天；如果我把她当成是领导，或许我不会和她聊天的。之所以和她可以自然地聊天，是因为瑜伽课让我们之间熟悉了，熟了之后聊天就是很自然的事情了。"说白了，就是回到了最初的模样，回到了人与人之间单纯交往的模样，因为熟悉了彼此，所以成为朋友，仅此而已，这样的关系才是单纯的，也才会持久吧。

心是最纯粹的，最能感受到对方的真情实意。若对方能自动在心上给你开一扇小窗户，允许你钻进去，这才是真正的人际交往，真正的交往不是交换能力、交换地位，而是以心换心。交心才是交往的核心。

享受生活和创造生活同时进行

站在未来的角度过现在的生活，然后把现在的生活过成过去所憧憬的生活，同时，憧憬着下一个理想中的生活阶段，这或许就是人之旅吧。走一步看一步，直到生命的终点。回过头来，看着自己的一生，倍感欣慰，可以说我的这一生是幸福度过的。

此刻的我，正享受着当年所憧憬的生活，看海、听歌、写作、练瑜伽，一切都是那么美好，感恩一切。在室友看来，我太喜欢独处了，所以她们晚上出去运动的时候也不会叫上我，我基本上都是一个人在宿舍。但我自己清楚地知道，这样悠闲的时刻正是自己过去所希望的，我倍感珍惜。

音乐流进耳朵，手在键盘上轻巧地敲打着，我心生欢喜，因为看到了敲出来的未来，看到了下一个驿站，这样一站接着一站前行，一路充满激情，或许生活就该如此度过吧。享受生活和创造生活同样重要，应同时进行，不可顾此失彼。

2018.5.30

宁静致远

一则

当心平静的时候，能将一切看得很透彻，很多事也可以轻轻地一笑释然；当心绷紧的时候，千头万绪，剪不断理还乱，紧锁眉头，一筹莫展。

当心绷紧的时候，瑜伽是我最好的调节剂。跟随着老师的旋律边唱边轻轻地摇晃身体，不知不觉之中，我从浮躁的状态转换到了宁静的状态。这样的转变过程很美好，美好到无法用语言来形容，外界的一切就此散去，只剩下我自己，就像一片茶叶，从浮在上面，到在中间漂游，到最后的落定。我的心也落定了，释然，宠辱不惊，满心欢喜。

二则

昨晚瑜伽课结束之后，看室友们还没有回来，于是我把小音箱打开播放悠闲的音乐，再把两把椅子相对而放，其中一把离墙一尺左右的距离。我坐在离墙近的那把椅子上，脚放在另一把椅子上，背向后靠，直到身后的椅背触到墙面，然后拿起桌上的一本书，开始看了起来。

那一刻，感觉自己是坐在自家阳台的躺椅上，温暖柔和的阳光洒在脸上，偶尔抬头看看身边的风景，跟随着音乐轻微地摇晃着身体，享受着一个人的美好时光，心很平和，幸福感油然而生，感恩美好的时光，感恩活着。

环境还是那个环境——放着三张上下铺的小宿舍，但由于有了情调，生活便没有那么压抑了，反倒是一种很享受的状态。在这样的心境下，心是欢喜的、感恩的，眼睛看到的都是美好。

2018.5.31

修心

早起，练习中脉调息，练习完之后，看时间还早，接着练习瑜伽拜日式。这些生活里的小事情，却是每天精神世界里的大事情。什么时候该干什么事情，就干什么事情。让这些成为一种习惯，然后融入生活中，再在生活中提炼出它们的精华，让其为生活服务，头脑清醒地开始生活。

中午洗衣服的时候，听着《静夜听泉》，心里想着人的这一生。《瑜伽经》里说控制心灵的变化就是瑜伽。那么心灵的变化该怎样控制呢？为什么要控制呢？人这一生不只是为了吃喝吧，那么更重要的是什么呢？是心灵的成长吗？如果是，那么净化心灵才是这一生应该追求的主题吧，其他的比如吃喝拉撒只是为它服务的。毕竟灵在身里，有更好的身体，灵才可以成长得更好。

总觉得有一句话在嘴边，可是又想不起来，写不出来，似乎它也在等待，等待着到合适的时间再次进入我的脑海里，让我记起，让我记下！

上完瑜伽课，自己坐在宿舍里，然后开始静坐冥想。这时候那句话再次进入了脑海——“与其去学习知识，不如去学习控制自己的心。”是啊，修心才是修行的根本。

2018.6.3

无声的电波

有时候明明对方一句话也没有说，只是从你身边走过，或者在你身边待了一会儿，但是你的内在却受到了影响。似乎刚才对方说话了，说了无声的语言，发出了心里面的声音，这个声音刚好被你接收到了，于是影响了你。其实言语是最低级的表达方式，中级的表达方式是通过眼神来传递信息，高级的表达方式则是心语——一种无声的方式！

不是什么都要说出来对方才能感受得到，有时不说出来，对方也同样能够感受到。只是在接受的当下，接收者不知道这是自己对自己的声音，以为是别人强加过来的声音，于是陷入了困惑之中，陷入了沉默和思考之中，就此扰乱了自己平静的内心。一个波澜起，接着无数的波澜在后面涌上来，一层一层，直到再次回到平静的状态。

静默其实就是无声电波的一种表达方式。《瑜伽经》里说，“不能显现的至高真理，只能以静默来解释，不是靠文字或言语”。印度神话中有一个情节是，达克辛纳摩尔第大师只是静静地坐着，过了一会儿，他的弟子们站起来向他鞠了一躬，说道：“大师，我们了解了。”说完即离去。

无声的电波，此时无声胜有声，一切尽在不言中。

2018.6.4

海上夕阳

今日傍晚的夕阳让我看得有些入神。其实，与前几天相比，它并没有特别的惊艳，但这次我目睹了它的转变过程，那过程很美很美。或许是因为今天船晃动得厉害，我在床上躺了一天的缘故吧，当看到很多五彩斑斓的光点围绕在太阳的周围时，我觉得它们像是灵动的精灵一样，不断变换着，让人入迷，我情不自禁地张开手臂，微闭双眼，享受着夕阳照在脸上，以及海风吹拂在脸上的感觉。那一刻，我似乎拥抱着整个宇宙。

看着太阳渐渐落到海平面的下面，那抹朦朦胧胧的、红色的圆渐渐消失，天上的云朵变成金黄色，在半空中闪闪发光，再慢慢地变成灰色，直到所有的云朵都变成灰色，唯有太阳落下处的周边的云彩还带着光晕，仿佛是太阳用尽全身的余温再次发出了光芒，为云朵镶上金边。旁边一起观景的同事说，那些金色的云朵离我们很远，那些灰色的云朵离我们很近。我觉得这说法还蛮有道理的，否则怎么不均匀呢？

渐渐地，云彩不见了，当准备回去的我再次抬头的时候，我看到半空中的启明星亮起来了，天空的颜色慢慢地变成淡淡的粉红色，渐渐地，天空似乎被一束光分成了三种颜色：粉色、深蓝色、淡蓝色。配上大海动态的墨蓝色，我不由得感慨大自然这位艺术家的杰作。我心想，如果把这种天然的渐变色显现在布料上，那该是怎样的美丽和灵动呢？

2018.6.5

路还得自己走

在这船上，时间久了，大家也相互熟悉了，于是我把自己的问题拿出来和大家聊，出发点是想通过他们的人生经历和感悟来丰富我的思想。

聊完之后发现，人生感悟压根儿就不适合拿出来聊，即使别人告诉你，那也只是他人的感悟，自己的人生还是得自己感悟，毕竟每个人的生活经历不同、生活环境不同，得出的答案也当然会不同。

每个人各走各的路，没有哪两个人的人生是完全相同的，但是如果别人的经历刚好对你有点儿启发，那么你可以借过来品一品，但是路终归还是要靠自己摸索着走，感悟终归还是得靠自己一点一滴积累，就好比虽然师傅是大师，但是也只能把徒弟领进门，剩下的路还是得徒弟自己走。没有谁可以说，师傅领悟到了，那么徒弟就可以坐享其成了。

了解到这一层，我不再去问别人的人生感悟了，而是更加地用心品味自己的人生。如果可以的话，把自己的感悟写出来，分享给与自己有共鸣的人，也就可以了。

《瑜伽经》里说：如果想把人生看得更清楚，请保持心灵的纯净。我想这样纯净地去看待每一个人，但是当自己被误解的时候，就会忍不住感慨保持心灵纯净是多么不易。希望有一天，这颗纯净的心可以感化更多的人，让大家明白：整个外在世界都是基于我们的想法和心的态度，整个世界都是我们自己的反应。

2018.6.6

甲板歌王

此刻坐在第一餐厅，想起那天在甲板上看“甲板歌王决赛”的画面，心中再一次升起欢喜。回想起来，依然让人为之动容。

场地布置虽然简单，但是很有氛围。鲜红色的横幅高高地挂在甲板的墙面上，中间是投射的动态画面，墙的两边各挂着一个大大的中国结；从墙面正中间的制高点拉出两条彩带形成三角形延伸到甲板上，它们颜色鲜艳，图像各异，随着海风飘扬。舞台上铺着红地毯，两边是高高的大音响。观众席上一排一排整齐地摆放着小马扎。

这是我第一次在大海的中央，在甲板上听演唱会。一边听着年轻的战士们青春活力的歌声，一边吹着海风，我闭上双眼，静静地感受着歌声流进我的双耳。当我缓缓地睁开双眼，看着天上的星星和月亮，似乎我们之间是联结着的，我在看它们的同时，它们也在看着我，然后相视一笑。那一刻，我感觉自己整个身心都打开了。

演唱会结束后，在走回宿舍的路上，我看到了两只不知名的海鸟在船的旁边展翅飞翔。它们时而飞向空中，时而贴着海面飞行，似乎在戏水一般。看着它们那样的欢喜，我想是不是它们刚才也在听演唱会呢？这演唱会给这寂静的大海增添了些活力，像是伸手不见五指的黑夜里的那点闪烁的星光。

2018.6.8

涌和浪

这几天涌和浪大了起来，有时候倾斜度为十几度，这艘船能够承受的最大倾斜度是三十度。我静静地观看并感受着这些涌和浪，忽然觉得自己看到了一个人，一个名叫大海的人，看到了它的情绪，看到了它的心情变化，那一刻我心疼了起来，感慨这世间的万事万物都是有情感的。涌，让我看到了大海的内在世界；浪，则让我看到大海的外在表现。有时候大海是那样的平和，海天一色，让人一眼望不到尽头；有时候大海情绪激动，海浪波涛汹涌，好像十万大军前赴后继。

看到这些，我心生欢喜，庆幸自己来到了这里，来到了这个以前自己梦寐以求想要到达的地方。记得第一次看地球仪的时候，我心里想，陆地所占的比例这么小，而我所涉足过的地方更是小得可怜，就在那一亩三分地里打转；海洋那么辽阔，可是我还从未涉足过，难道这辈子就这样过了吗？心里的声音是否定的，心里的声音是，要在自己的有生之年，踏遍每块自己向往的地方。如果可以的话，还想来一次低空飞行，从上往下，宏观地观看这个美丽的星球。

遐想着，把地球反复看了无数遍，看着看着，似乎看见了自己这一生的轨迹，也看见了他人的人生轨迹。那一刻豁然开朗，平日里计较的东西，在那一刻显得不值一提。涌也好，浪也罢，都只是一种生命流淌的状态而已，对整个生命来说，没有什么实质性的区别。

2018.6.9

积累的情绪

《瑜伽经》里讲：约束心灵的变化就是瑜伽。人的念头就像是扔进平静水面的石头，激起涟漪，再恢复平静。念头多的时候，平静的水面就会变得如煮沸的开水一般，此起彼伏，伤神伤身，伤人伤己。觉察自己的念头，带着觉知去生活，可以让我们体会内心的平静与平和。

人的情绪会慢慢地积累，积累到身体承受不了的时候，就会爆发。除非及时觉察自己的情绪，及时采取有效的方式释放自己的情绪，否则身边人的不经意间的某个动作、某句话，就会成为自己情绪爆发的导火线，让自己内在的火焰像火山爆发一样，涌现出来。

回想这两个月来与身边人的关系转变过程，我渐渐看清了一些问题，刚开始时人与人之间是陌生关系，相识后慢慢变成熟人，我们便开始不自觉地对他人有了期待。如果对方没有达到我们的心理预期，我们也许会心生怨怼，甚至毫无保留地在对方面前表现自己的情绪，似乎是为了让对方感知到自己的情绪，也似乎是想要对方为自己的情绪买单。这种强加于人情绪的情况，最后以双方的不愉快结尾。没有谁应该为我们的情绪买单，没有谁必须承受我们的情绪。把情绪强加给他人，其实也是一种变相的捆绑，时间久了，双方都会受不了。这是人与人之间的一般相处过程。只是有时候我们自己活在里面，无法跳出来，看不清双方的问题到底出在哪里。

每个人都应该为自己的行为负责，只有在心里认同这种观念，为自己负责，那么才会在行为上表现出相应的改变，与他人之间的关系也才会随之改变，变成一种纯粹的关系，变成一种不添加附属要求的关系，变成一种自己可以做主的关系，而不被那些杂七杂八的琐事所左右，让自己成为自己生活中的主人。

写到这里，突然想起了一句古话“心随境转是凡夫，境随心转是圣贤”。以一种超然的心态跳出问题来看问题，可以看得更加清晰和全面。

2018.6.12

似看非看才是真看

以前我们被教导的是，说话要看着对方的眼睛，这样才显得尊重对方。但是当看到对方眼睛里的迷茫的时候，看到对方闪烁其词的时候，看到对方双眼布满红血丝的时候，我在想，这样真的是尊重对方吗？还是在向对方传递一种信息，那就是：我知道你的状态，把你看透了。可是又有谁愿意被别人看透呢？这种赤裸裸的窥视，真的好吗？

我想起一位朋友，他与我打招呼的时候，聊天的时候，基本上都是微微低着头的。每当他低头的时候，我以为自己看透了他，可是后来发现，当我就这样盯着对方看的时候，我的动作，甚至语言，都会受到对方的影响，被对方的行为举止左右，看似我是主动的一方，最后成了被动者。

看者与被看者，一个主体，一个客体。当主体不够稳定的时候，客体会反客为主，扰乱原来的主体。似看非看比直接看，看得更加清晰，更加了然于心。似看非看是用心在看，直接看是用眼在看。当心不够稳定的时候，我们才会选择用眼睛去看、去寻找信息；当心稳定的时候，我们是用心在看。为了不打搅自己内在的喜悦和平和，反而应该尽量选择少去看对方。

此刻我在想，若眼神是清澈又温和的，这样看对方几眼便足以传递出自己的心意，似看非看，比用眼去观察别人的一举一动，让自己的精气神跟随他人而动，显得更明智些。

2018.6.13

制造翅膀

大家问我是不是以前就是这么喜欢看书，我说不是。上学的时候，看的是专业书，每个学生都必须看的那种书，那些书带来的成绩，让我一路走到毕业。忽然有一天我发现，按照以前的生活经验，路走不下去了，没有办法解决当前的问题，没有办法再给我带来幸福感和成就感。我仿佛一下子变成了一只断了翅膀的小鸟，没有办法再次飞翔，只能停在之前飞到的地方，在那里混吃等死。

可是心是知道真相的。显然内心并不想以后的日子就这样一眼能够望到头，一日一日地等死，并不想就这样停在此处过完此生。于是我决定自己给自己制造一双新的翅膀。自从有了这个想法之后，我感到生活一下子有了意义，充实了。因为有希望有梦想，所以每天早上起来都先向自己问好，然后仰面四十五度，展开双臂拥抱未来。

当下的悠闲时光，我不敢怠慢，似乎这是老天怜惜我借给我的半年时光，让我可以有时间打磨出一双新的翅膀，可以重新展翅高飞，去领略世界的风采。

看书写书悟书，是打造翅膀的方式。沉浸在书里面，我看到了别人的生活，每一本书都给我不一样的感受和感悟。当学习不是为了知识，而是为了看到生活更多的可能性的时候，那颗禁锢的心，重新获得了自由。当下的自己就像是一个饥渴的孩子，一头扎进书里，在里面遨游和吸取养分。它们让我知道，生活原来还可以这样度过，让我看到了更多的可能性，不至于被生活困住双脚。或许这就是诗和远方的魅力所在吧。一双隐形的翅膀正在慢慢地露出头角，慢慢地伸展开来。

2018.6.15

我与工作的七年之痒

此刻坐在电脑前，回想起第一次来到单位那天的情景。如愿进入单位工作后，我度过了充满激情的七年时光。忽然有一天，当发现自己是在机械性地单调重复着同样的工作，我没有了以往的激情，似乎一眼看见了未来几十年之后的模样。

以前听说过夫妻之间有七年之痒，殊不知与工作之间也有这样的情况。是什么原因导致的呢？又怎样去弥补或者防止这样的事情发生呢？没有了激情，按部就班，周而复始地重复，这些是三十多岁的人的普遍状态，还只是我一个人的状态呢？周主任说，到了他这个年纪（快五十岁），看专业的书比看小说更容易看进去，这样的感受，我们年轻人是不懂的。我暂时确实没有办法体会到他的那种对工作的感受。对现在的我而言，只要不是看专业书，看其他的书几乎都会给我带来悠闲的感受。

写到这里，大脑里出现了一个画面，一个人在一条道路上，持续走了七年，路两边的风景几乎没有变化过，七年之后，他茫然了，问自己还要继续走下去吗？前方还是这样的风景，有什么看头呢？如果不走这条道，是否有其他的道路呢？如果接着走这条道，又有什么办法让自己眼前一亮呢？还是说边走边拓宽自己的生活世界，挖掘自己更多的可能性，时而调节生活，体验不一样的风景和风采呢？

重复，琐碎，是一个人的生活常态，那么面对这样的常态，我们能做些什么细微的改变呢？怎样可以在这些重复的日子里时刻保鲜呢？一个个的疑问从头脑里冒出来，等待答案自然地流淌出来。

2018.6.16

平日里

今日风大浪大，船也晃动得厉害，我没有办法正常地坐在桌子前看书或者写作，于是躺在床上听《声音读书馆》。随着作者的思绪，追逐着作者的记忆，体会着作者的感受，让作者的思想与自己的思想碰撞。越来越发现自己爱上了文学，爱上了文字里的思想，期待有一天我也可以像这些作者一样，通过文字传达出自己的思想。当然，前提是必须坚持，坚持每天读书、写作，直到水到渠成的那一天。

说实在的，除了电磁波辐射等影响身体健康的因素，现在的我，已经喜欢上了船上的生活——简单、悠闲，似乎所有的时间都是自己的，想怎样支配都行。就像今天，虽然船晃动得厉害，但是绝对没有影响到我愉悦的心情，躺在床上听书的时候，感觉自己像是躺在草原上，阳光灿烂，双手枕着头，静静地享受着这难得的悠闲时刻，由衷地珍惜和感激着。

此刻是当地时间下午四点半左右，大部分的人这个时间段是在运动中度过的，而我一个人坐在第一餐厅，守着一台电脑，静静地享受着这个安宁的时刻。我用一只手托着下巴，看着这个与我朝夕相处的自习室（对我来说这里是上自习的地方，我们吃饭都是在大餐厅进行的），有点儿陌生，但同时又是那样的亲切，它的每一个角落我都热爱。或许是因为这里也是我给大家上瑜伽课的地方吧，以前的欢声笑语尽在眼前，我嘴角为之上扬。

人与人之间的相处，从陌生，到熟悉，到在乎，到坦然，到释然。等到释然阶段的时候，两个人之间的交流是大方得体的，一个眼神、一个小小的微笑，对方都可以感知到，并给出相应的回应。

2018.6.27

平凡里的生活

最近两天，我迷上了路遥的《平凡的世界》。以前我看的书要么是专业方面的书，要么是一些教人生活的书。虽然现在已经三十二岁了，但是在来船上之前，我还没有完整地看过一部小说，更别说是这样的长篇小说了。此刻我却完全被这本书里的文字吸引了，可以说这也是我看的书中感触最深的一本，特别是看那些描写人物内心世界的段落时，总能与之产生共鸣。有时候为书中人物对生活的无奈落下眼泪，有时候在看他们的故事的同时，也会回忆自己走过的路，反省自己。眼睛看得酸疼了，也不舍得离开书本，到了痴迷的地步。

实在忍受不了眼睛的干涩和酸疼时，便暂停阅读，拿起水杯，喝口水缓解一下疲劳。看着水杯里的枸杞和葡萄干，枸杞漂浮在水面上，葡萄干落在杯底，我突然感觉它们就像是两个世界的人一样。即使我使劲摇了摇水杯，试图让它们混合在一起，但是等我停下来的时候，它们很快就又分开了，各自回到了各自的世界里。

当水杯里的水越喝越少时，这两个世界里的物体，竟然开始慢慢地靠近彼此，我莫名地兴奋起来。接着，我又陷入了沉思之中：为什么一定要让高处的物体落下来，它们才可以在一起呢？为什么不能想办法让低处的物体升到高处呢？我有些惆怅，不知道是为自己的发现惆怅，还是在为少安和润叶之间的感情而惆怅。难道遇到类似的问题时真的只能认命吗？真的没有其他的解决途径了吗？

这又让我想到了另外一些事情，一些自己以前想不通的人与人之间的事情，我意识到自己应该多一分宽容，多一分理解，理解父辈他们那一代人，理解当下我身边的这些可爱的人儿。每个人做事都有自己的出发点，都有自己不得已的地方，怎么好去责怪呢？更多的应是理解和尊重他们的抉择。

这个小小的发现和感悟也让我坚定了自己的初心，遇到他们每个人时都应微笑面对，让这微笑去融化他们的心，留一颗柔软的心给自己。

2018.7.1

直看向未来

“这是一个晴朗的早晨，鸽哨声伴着起床号音……”

当我打开电脑，准备写点啥的时候，这句歌词进入了我的脑海，在里面重复地播放着。看来我不仅已经适应了这里的生活，还爱上了这里的生活。说来也奇怪，从开始的愿意来，到紧张的准备阶段，到对这种密闭的环境有些担心的适应阶段，到思念家人的阶段，再到现在坦然生活的享受阶段，不知道此后的三个月里，我还会经历哪些心理上的成长转变。有些期待，也有些释然，好像我已看见了未来，知道了未来的大致发展方向。

当我一个人静坐的时候，觉察到自己的眼睛直直地看向未来，就好像一道光柱笔直地照向远方某个固定的点——已经决定要到达的点，全然无视两旁的嘈杂。

以前之所以迷茫，是因为看不见未来，或者说看见的是一个一眼望穿的未来，那样的未来让我觉得没有意义或者说没有意思。在经过漫长的自我寻找，自我质问之后，终于再次看见了自己，看见了自己真正想要的到底是什么，看见了自己到底想要成为什么样的人，看见了自己到底想要怎样过这一生。当看见了这些之后，剩下的就是去实践了。

没有哪个梦想是一蹴而就的，没有哪个梦想是想想就能实现的，看见梦想和梦想成真之间有一个桥梁，那就是实践，就是“去做”。在“实践”这条道路上，因为目标很明确，对于身边其他事情，多少有些无所谓。或者说只要它们不影响我看书写作，其他事情我是不会在意的。即使在意，也会转眼之间，付之一笑，为的就是不要在这些琐事上浪费自己的精气神，让自己可以把更多的精力投入到主干道上。所以对于身边的一切人与事，对于自己的迷茫期，除了感激就是感恩了。

2018.7.2

第二章 成长期

从这里开始，会试着在每天的生活结束之后，去探讨一些有针对性的问题。这个时期的自己，开始享受生活，享受生存的快乐，开始融入生活，开始有了烟火气息，开始在人间翱翔。

思想

人的思想如果只停留在一个层面，那是多么可怕的一件事情；人的思想如果只能停留在一个角度，那是多么可悲的一件事情；人的思想如果只停留在一个高度，那是多么可怜的一件事情。

人之所以为人，是因为人可以思考。读王小波《沉默的大多数》所得：如果通过说教或者其他形式阻止或者遏制他人去思考，那或许是最大的罪恶。我不敢想象自己愚昧无知的样子，不敢想象如果没有读书，自己目前会处于什么样的狭缝里。

当我发现智慧才是一个人最应该追求的目标的时候，我豁然开朗，似乎一下子明白了很多，自然抛开了一些世俗的东西，精简留下来的，轻装去追寻智慧，去扩展自己的大脑回路，去拓宽自己的视野。在这条道路上，我将乐此不疲，带着对身边所有的人与事的感激和感恩之情，从中走出一条属于自己的道路来。

我每天都感觉时间不够用，感叹时光流逝得真快，因为还有那么多的东西需要去学习，去思考，去融合，去生长出新的枝叶。这一系列的事情，容不得我有半点的怠慢，更容不得我浪费半点时光。

在这样的一种状态下，我开始想活，想活得更长一些，可以让我有更多的时间去丰盈自己的内心。这是一件让人激动的事情，更是一件让人充满活力的事情，我整个人为之振奋。以前听过“使命”这个词，此刻在想，或许这就是我的使命，提高智慧，再让流进我体内的智慧流淌出来。

一切外在的行为都是心使然，那么提高心的容量、度量和纯度，或许是治本的方法。

2018.7.6

情感

情感真是一种奇怪的东西，让人着迷，也让人为之疯狂。有时候对方的一个微笑，都会让你连续几天沉浸其中，把那个短暂的片段翻过来倒过去地反复播放着。

爱情、亲情、友情，它们本质上是一样的。无论哪一种缺失都会给人带来无尽的想象和向往，以至于身体本能地想从其他的什么人或者什么事上去弥补那个空缺。这或许可以解释：为什么缺少父爱或者母爱的人在选择伴侣的时候，更多的是选择那种能够给予自己父亲或者母亲般爱的人，好弥补自己的情感缺失。

说到底，人这一生所做的所有事似乎都是为了寻找那个平衡点。这个点不在他人的身上，而在自己的心里。情感的缺失除了自己用爱将其填满，其他任何人都无法替你弥补。只有在自己将其填满之后，你才有可能体会到真正的爱，才有能力去爱。索取和捆绑，对于双方中的任何一个人都是悲剧的开始，束缚了自己，也束缚了对方。

2018.7.7

“有意义”

“有意义”本身是否就是没有任何的意义呢？以前，在做事情之前，我都会思考一下做这件事情有没有意义，自认为有意义的就去做，自认为没有意义的就不去做，并慢慢地形成了一种习惯。但是，就在刚才，我忽然开始怀疑自己一直以来的这种想法是否正确。那些有意义的真的有意义吗？那些没有意义的真的没有意义吗？我都没有去尝试、去涉足，哪有什么资格去评价其意义呢？

就像是听歌曲，每天常听那么几首固定的歌曲，觉得很好听，就不给其他歌曲机会。但是事实上，如果用心去试着听一首没有听过的歌曲，就会有不一样的感悟，不一样的触动，不一样的收获；或许还可以扩大自己的视野、提升自己的思想境界，包容新异。或许这个“有意义”本身就是一种束缚吧，没有了它自己反而更自在些，自由些，随心些。去尝试就好，何必在乎事情是有意义还是无意义呢？

卸下了“有意义”这层盔甲，我忽然觉得自己身轻如燕，就像是回到了少年时代，在家乡的田园里欢快地蹦跳飞舞着，内心充满喜悦，即使闭上双眼，眼前照样是一片光明。

2018.7.7

救人

“救人”，这是多么高大上的一个词。每当这个词在我的脑海里出现的时候，我会不由得生出敬畏之心，生出怜悯之心，不是因为我是一名医生，而是因为我是一个人，一个活在这世上的人。谁都有需要别人帮助扶持一把的时候，谁都有垂头丧气心灰意冷需要温柔相待的时候。

“救人”其实是在救己，只是眼界狭窄的我们常常被鸡毛蒜皮蒙住了双眼，看不见这个简单的真理。

2018.7.8

低头

“低头”的学问是我的一位瑜伽老师教授的。他说走路的时候要低头，不要左顾右盼，更不要仰着脖子，给自己独自思考的时间。他的话如当头棒喝一般，震醒了我。要知道，在这之前，我走路可是随意地仰着头并且左顾右盼的。

“低头”这个简单的动作，无形之中已渗透到了我的日常生活中，带给了我更多属于自己的思考和自省时间，也在无形之中给我挡去了很多不必要的应酬和交际。别人不会去怪罪一个低头走路的人没有和他打招呼。

刚来到船上的时候，我便采取这样的方式走路。当室友们提醒我的时候，我只是笑笑，说自己个子太小了，眼睛只能看到与自己同高的，太高的看不到，抬头看太累了。久而久之，大家也就习惯了。享受过它带来的甘露之后，我开始越来越喜欢这种方式，吃完饭等待室友的时候，打开水的时候，走路散步的时候，我会瞬间进入一种似睡的状态里，大脑清静自然，抛开了外界的所有。大家打趣我的时候，我只是笑笑说待机一会儿。有时候她们也会戏弄地对我说："吃完了，你可以待机了。叮咚！"我配合着她们，像是被她们施了魔法一样，瞬间进入待机状态，一种深沉的休眠状态。准备离开餐桌的时候，她们再"叮咚"一声，我立马微微睁开双眼，拿起餐盘，像是一个没有睡醒或者醉酒的人那样摇晃着身体离开餐桌。

时间越久，我越是爱上了这个"低头"的举动。它可以让我随时随地补充能量，也可以让我随时随地抛开外界所有的事情和杂念，要么什么也不思考，要么只是专心地让一种思绪在头脑里荡漾，直到理清楚为止。那种随时清空自己，给自己创造独处的空间和时间的感受，或许只有你亲自体会过了，才能明白其中的深邃和益处吧。

2018.7.9

谁的错

一句"我的错"，可以让心回到平和宁静的状态，不向外求。也正是在这样向内求的时刻，智慧才会缓缓地悠悠然流进你的大脑里，给你指引和导向，让你在这件事情里得到应有的养分。它会帮你照亮前方的路，让你在未来的道路上，遇到同类的事情时，可以脸上带着微笑轻而易举地迈过去。彼时，你的心里会满满地充盈着感激和感恩，感恩当初的那一句“我错了”所带来的好处，而不是“谁的错”所带来的纠结和沉沦。

其实当“谁的错”进入脑海里的那一刻，你就已经在自我辩解了，也暴露出推卸责任和逃避现实的心理。在这样的心理状态下，人是没有办法成长的，更看不清眼前的一切。即使自认为看清了，那也只是选择性地片面地看到了冰山一角，是没有办法看到人与人、人与事、事与事之间的那些千丝万缕的联系的。一切出现都有其必然性，都有一种说不出的力量在安排着，它一直都在那里，静静地看着我们，然后根据我们的反应，安排下一幕的剧情，一切都是这样有条不紊地进行着，只是困在里面的我们不知道而已，或者说漠然地忽视了它而已。

走出来，走出那团看似有理的乱麻，回到心情宁静平和的状态里来，任何的理都没有自己内心的平和来得重要，任何的理都没有智慧的流淌来得真切，任何的理都没有豁然开朗来得畅快，任何的理都没有从容地生活来得洒脱。

2018.7.10

轨迹

一则　人生轨迹

世间万物来到这个世界上走一遭，都留下了自己的生命轨迹，人的身体和心灵留下的轨迹也就是我们的“人生轨迹”。猛然回头，默默地看着自己之前走过的路，看着自己一路以来的心路历程，不免让人感慨。

从后往前看，看着自己走过的所有轨迹，一下子豁然开朗，明白了为什么当初会发生那件事，为什么当初自己会选择这条路，为什么在那个瞬间自己会做出那样的反应，等等。看着自己的过去，同时也推测着自己的未来，我明白，剩下的不过是把从过去吸取的经验教训用在当下的生活中，投入当下的实践中，这样才能真正活出未来。

如果把大地当成是一张画纸，那么我们可以把自己每天走过的所有的路都在上面描画出来，等到每一年结束的时候，就把这张纸拿出来看一看，看看在这一年里，自己走过哪些地方，最远去过哪里，通过颜色的深浅，还可以看出哪些地方自己一直重复在走；若把从出生到现在所有走过的路，所画出来的画拿出来看一看，就会对自己的前半生有一个大概的回顾。可以发现这几年自己是在这里度过的，那几年自己是在那里度过的。活到现在，自己经历过哪些十字路口，哪些触目惊心的时刻。

我不禁假想，若当初没有选择这条道路，而是选择了旁边的另一条道路，不知道又会是怎样的人生呢？这样一想，让我心中满是感激和感恩，若不是当初的那个选择，真不知道现在的自己会怎么样。

随着这些轨迹，也可以看到自己每个时期的心理状态，看到自己走过的心路历程，每个阶段所产生的烦恼和快乐，每个阶段所犯下的错误和吸取的教训。我突然明白，以前走过的每一步没有哪一步是多余的，正是这些看似无足轻重的点滴成就了现在的自己，也照亮了未来的路。

2018.7.11

二则 思绪之网

早上醒来，坐在床上打坐练习瑜伽呼吸，闭上双眼冥想静坐。看到了自己的思想轨迹，思绪之网。站在空中，我开始仔细观察自己，这一天有多少时候思绪是导向A，与A联结在一起的，想A的次数越多，在这两点之间往返的次数越多，呈现出来的思绪之网越密，反之越疏。这些肉眼看不见的联结，与哪些人联结，无形之中塑造出了一个未来的自己。

从空中看到自己所织出来的思绪之网的时候，我很惊讶，原来我在这个人身上投入了这么多的精力。这么多的时候我是被他人影响的，这么多的时候是我影响了他人；这么多的思绪是在消耗自己的精气神，这么多的思绪是在消耗双方的精气神……

吃完早餐回宿舍的路上，看到了一位同事，我一下子傻眼了：怎么几天不见，他仿佛苍老了十岁。回到宿舍，我把看到的告知室友，从室友嘴里了解他的情况之后，我才知道其实他的事情已经处理好了，只是他还在那个思绪里，无法自拔，所以成了当下的模样。

善忘是一种财富，翻篇是一种能力，少想是青春活力的源头。感恩遇见，让我如当头棒喝，晚上睡前，我把不好的情绪、记忆来了一个格式化，清空为零，放空自己然后安然入睡。

写到这里，此刻我满心欢喜，似乎在我写“格式化”“清零”的时候，我的大脑已经跟着一起清空了，眼前看到的这些人和与这些人有关的一切都是那样清晰自然，那样和蔼可亲，如初见一般，真好。

事情是说不完讲不明的，问题不是靠想来解决的，而是当自己内心平静的时候，智慧蹦出来后自然化解的。所以说聊天说话分为三个等级，低级的人聊情绪，越搅和越糟；中级的人聊事情，治标不治本；高级的人聊智慧，全然地敞开，喜悦地迎接！

三则 轨迹

从空中看地球，看着自己在这个星球上所留下的轨迹，再把这些轨迹连成线，基本上就是自己这一辈子在地球上的轨迹了。

一只蚂蚁一生中所能够爬行的轨迹有多长呢？一座山，还是一个洞穴？其实从空中看，人跟蚂蚁没有什么两样。按照形体大小的比例来说，有时候，我都怀疑，到底是蚂蚁所涉足的地方广，还是人所涉足的地方广？多少人一辈子，是在一个点上度过的——远看，其实一个县城或者一个村庄，其大小与一个点没有什么区别。

当然，轨迹不仅仅指脚步走过的轨迹，还有思想的轨迹，情感的轨迹，意识的轨迹，等等。不过，道理是相同的，一通百通。大部分时候，我们的生活其实都是在一个框架里来回折返，要是可以在一个领域里勇往直前就好了，这样一路都是不同的风景。可是往往我们到达了某一个点之后，就选择了安逸，开始停留在那个点上消耗着剩下的时光。

看着自己的轨迹，看着自己走过来的路，看着这些组成的现在的自己，那么未来的自己准备怎么走呢？想走出一个什么样的自己呢？这些轨迹有些是有限的短暂的，有些是无限的永恒的，是否那些无限的永恒的轨迹才更值得我们花时间和精力去体验呢？

2018.7.13

潜能

这几天我们的船经常在风浪中航行。昨天午睡前，桌子上的物件突然倾倒而下，宿舍里满地都是书本、矿泉水等物件，它们随着船的晃动在地上来回移动，人连站稳都很艰难。我躺在床上，就像是躺在摇篮里，只是这摇动的力气大了些，人在床上是翻滚的。等这波风浪过后，金老师去海图室值班，回来说："你们知道吗？今天最大的晃动幅度是22度（我们这只船最大的承受幅度是30度）。"我一下子忘记了刚才的紧张和不适，让金老师把检测仪上显示晃动幅度的图片发给我，留个纪念。金老师说上次是15度，这次是我们出行以来晃动幅度最大的一次了。

看来人的身体有很强的适应能力。记得刚来的时候，轻微几度的晃动，我整个人就头昏脑涨，反胃呕吐。三个月过去了，现在这样大幅度的倾斜晃动，我竟然跟没事人一样（当然，有时候还是得躺在床上，减少脑浆的震荡幅度）。此刻，我坐在电脑前写作，船还是在颠簸着，人会很自然地跟着船的节奏摇摆，好像我是长在船上似的，已经与船合二为一了，以至于这样的晃动，并没有消耗我多少精力，甚至就像是在陆地上生活一样。看来人的可塑性是很强的，人的身体里具有无限的潜能，只是当我们适应和习惯了某种生活方式之后，懒得去发掘罢了。

我常常会想，要是让一个人发挥出他的全部潜能，不知道会是什么样的情景呢？很是期待。或许未来的科技真的可以让我们人类释放自己的潜能，那将是一个怎样先进的世界呢？到那个时候，是不是人就有“神”的力量了呢？仅仅只是畅想一下就让我激动不已。

2018.7.14

拖

这几天一直想洗床单被罩，可是心里又总觉得这是一件很麻烦很占用时间的事情，所以一直在拖。今天早上起来，我想不能再拖了，无论如何也要把这件事干完。为了去干这件事，我给自己做了一个时间安排，上午的主要任务是洗床单被罩，下午安排瑜伽课，晚上练习手指舞蹈。这三件事情对当下的我来说都是紧急的，不能再拖了。

于是，吃过早饭，我就开始拆洗床单被罩。当按下洗衣机“开始”按钮的那一刻，我忽然发现，其实前前后后，没有占用我多少时间。当下，我照样可以像往常那样去第一餐厅看书学习。等一个小时过后，再把它们拿出来晾一下就可以了。可能用在这件事情上的时间，加起来最多也就一个小时吧，但这件事却在我的脑海里盘旋了一个多星期。这一个多星期里，它每天都在我的脑海里浮现几次，似乎是在提醒我这件事情该干了，而每一次我都以太麻烦等借口说服自己：当下没空去做，还有更重要的事情需要去做，忙着呢！一拖再拖。直到今天，自己也没有办法再给自己找借口了，才勉强极不情愿地着手去做这件事情。

其实与真正干这件事情所用的时间和精力相比，对做这件事情的思考，反而消耗了我更多的时间和脑力。此刻回想起来，觉得有点不值得。当今社会，都在讲能量，如果做这件事情会消耗我一定的能量，那么之前的思考反而消耗了我更多的能量。

这件事情之后，我给自己定了一个不成文的规定或者说逻辑：当某件事情出现在我的脑海中，提醒我要去做的时候，在条件允许的情况下，要尽早地去完成、不要拖，立马执行是最有效，也是最省力的方式。

2018.7.15

自制餐

今日午餐，我们几个人是在宿舍里解决的。金老师和我去食堂打了两份蔬菜，拿了五个水果，其他三位室友在宿舍里煮水饺。由于锅很小，一锅水饺每人只能分到一两个，吃完一锅煮一锅。一共吃了三锅水饺，然后又煮了一锅酸辣白菜方便面，吃完又煮了一锅螺蛳粉。

这顿饭吃了很长的时间，像是在吃年夜饭一样，五个人围着一个小锅，边等边吃的感觉是很幸福的，那是一种直接沁入骨子里的幸福。虽说我们五个人性格各异，年龄也相差不少，但是在这样的时刻，我们好像是一群女大学生，在自己的宿舍里享受着那种纯真友情的幸福。对已经进入而立之年的我来说，还能有这样的机会，重返年轻一回，是多么难得，既弥补了大学时心智不成熟的那份空缺，也借此回忆了大学时代的美好。

吃什么和吃了多少其实并不重要，重要的是大家在一起享受的时光。这样的时光是最让人留恋的，也是最值得人回忆的。我想等出海任务结束之后，我们各自回到各自生活的城市里，回到各自的岗位上，当我们再次想起彼此的时候，大脑里浮现的肯定是这样的温馨时刻。至于平日生活里的点滴小摩擦，会在这份温馨中自然地蒸发了，就像是被太阳晒后杀菌了一般，留下的只有暖暖的阳光的味道。

午睡的时候，我躺在床上，双手不自觉地合在胸前，感激老天把这样一群可爱的人儿送到我的身边，从心底感恩大家，谢谢大家对我的包容，谢谢大家出现在我的世界里，给我带来那么多的温馨时刻，有你们真好。在接下来的两三个月里，珍惜在一起的这份缘分，用心与大家一起享受生活，一起感受生命的美好，一起在这里蜕变。等到靠岸之日，期待是我们化茧成蝶之日。惜缘，既然缘分让我们相聚在这里，那么就让我们好好地享受这份缘分吧。

2018.7.16

都好

一则　享受生存之乐

时刻都在享受着作为人，作为一个活着的人的生存快乐。是的，是生存的快乐，只因为自己是一个活着的人，只是这一点就足以让我很快乐。我自己也不知道这种快乐究竟来自哪里，但是我可以很真实地感受到这种快乐，可以很真实地享受到这种快乐。每当身边有什么事情让我感到纠结的时候，我就问自己，没有这些东西，我生存的快乐会减少吗？答案是不会，那么就不要去纠结了，随缘，让其自由地流淌吧。

在这样的心念之下，整个人充满了活力和激情，对生活充满了向往，对身边的事情也自然而然地看开了，觉得一切“都好”，即使是以前有一些自己看不惯的人与事，在这一刻也释然了。这样的思考方式，使我变得更加平和，没有了质疑、不安、讨厌等情绪，有的是尊重，尊重大家的多样性，尊重周边一切的多样性，让它们以自己本来的面貌呈现出来，让自己从心底里接纳。

在这样的心境之下，大家对我的一点点好，都会让我感到喜悦，这样的喜悦还会感染大家。那一刻，大脑里冒出“开心喜悦地接受着别人和宇宙对我的好”这样的思想，这对我来说又是一个转变，因为以前，若别人喜欢我或者对我好，我会产生愧疚感，然后变得拘谨起来，甚至会眼神躲闪，就当是没有看到对方一样。

2018.7.18

二则　都好

当“都好”这个词语流进我的大脑之后，我就像是抓住了让心灵宁静的法宝一样，当我心里刚要泛起涟漪之时，它先一步赶到，让我的心保持着宁静的状态。

当“都好”进来后，以前的那些质疑、批判、抱怨等情绪都自然地消失了，就像这个词语本身的意思那样，一切都好。既然一切都好，那么也就没有什么不好的，没有什么值得我动气伤神的。当然，这里并不是说即使看到不好的事情发生，或者遇到恶人，也安慰自己说都好，而是为了让自己的心不受到某些事情的影响，把那些事情看轻，这样就可以不带任何情绪，平静智慧地去看待那些事情，从而更好地看清楚事情的本质。

告知自己“都好”最重要的作用是让自己的心处于一种平静的状态，与事情或者人物的本质没有实质性的联系，只是为了平和自己的内心。当一个人内心平和的时候，思维会变得清晰和全面，人也看得更深更远更接近核心。

在此深深地感恩和感谢宇宙将这个词语流经我的大脑，让我可以在很多时候快速地转变自己的思维模式，让自己能够尽量待在平和宁静的状态里。在这样的状态里，感觉自己的目光变得敏锐，直接看向了那个终点，然后笔直地向前走去，不被身边的风沙所遮蔽，不被路边的绊脚石所困住。勇往直前地朝着自己心中的方向飞去。

够了

虽说海上食物紧缺，但是我们宿舍最近水果泛滥。每餐都会发给每个人一个水果，有时候拿回来没有吃就先放在那里。今天中午按照惯例，我们把拿回来的水果放在水果箱里。姐姐看着那堆水果说：赶快吃，否则要坏掉了。我看着水果说，刚吃过饭，实在吃不下，午睡起来再吃吧。

在这个物资丰富的年代，大家多少都会遇到被物质所累的情况。比如前几天打电话回家，母亲说哥哥外出回来，买了一整箱的墨鱼干，她正在发愁怎样消灭掉；比如吃自助餐的时候，为了觉得不亏本，我们把身体当成装食物的麻袋，一个劲儿地向里面装各种食物。

每每这样的时候，其实我们已经忘记了身体，忘记了问问我们的身体它自己的真实需求是什么；忘记了吃饭本身是为了“养身体”的，现在却把它当成了“消灭食物”的机器。主语变了，目的也在悄无声息中转变了。

“够了”的思想迟早有一天会在大家的脑海里扎根发芽成长，“知足”的思想也会紧跟其后进来。到那时候才是真正的知足，从骨子里的知足，而不是现在一边在拼命霸占，一边在呐喊知足。

2018.7.20

低调不等于低落

午睡起来，觉察到自己的情绪有些低落，我像往常那样给家里打了个电话。虽然听见电话那头家人们的欢笑声，但电话这头的我依然高兴不起来，于是草草地挂断了电话，想弄明白自己为什么情绪低落。

等心稍微稳定之后，我问自己为什么情绪低落？大脑里传来的声音是“低调不等于低落”。这时候我才恍然大悟。做人要低调，但并不是说做人要情绪低落，靠低落骗取同情，最终的受害者只会是自己。而且人在情绪低落的时候，智商也会随之降低，反应也会随之变慢，更重要的是自己的大脑会有一种被乌云遮蔽的感受，这种感受是那样的真切，以至于没有办法立马拨云见日，只能任由狂风暴雨来将自己淹没。

这也是为什么有些人稀里糊涂做了情绪的奴隶，弄得遍体鳞伤。其实这一切都是自己造成的，或者说是自己在没有意识到的情况下默许的某个决定所导致的结果。只要自己下定决心不要在里面沉沦，那么，一个新的决定总会带我们找到出口，看见光明，让自己真正成为自己身心的主人。

2018.7.22

一根白头发

无意中发现自己额头的上方有一根白头发，似乎是前不久长出来的。看到之后的第一反应是：天哪，我长白头发了，我老了吗？太不可思议了！随后，情绪也受到了影响，开始感叹时光的稍纵即逝，也开始质疑自己这样拼命朝着梦想走是对还是错？是不是在做无用功？是不是在浪费时间和精力？毕竟无论我怎样努力，生命的旅程基本都是一样的，从起点到终点。跟那些舒舒服服过一天算一天的人相比，我这是不是在自讨苦吃呢？都说人只活一辈子，想咋地咋地，是否我也要像他们那样放纵自己呢？毕竟那样生活起来舒服一些，不用跟自己较劲，随波逐流就行了。

这一连串的思绪，都是从发现那根白头发开始的。当我觉察到问题的起源时，忽然明白，不就是一根白头发吗？怎么把自己整得这样低沉了呢？其实它只是一根白头发，并不能真正代表或者说明什么，它只能代表它本身，只能说明我长了一根白头发这个事实。跟我的梦想和人生有联系吗？

如果说有联系，也只能说这根白头发是在提醒我：时光稍纵即逝，不要浪费时间，生命是有限的，抓紧时间去做自己想做的事情，去见自己想见的人。或许也是在警醒我，让我珍惜当下真实生活里的每一分每一秒，不要有半点浪费。这样想的时候，我整个人充满了活力和激情，像是一位十八岁的少年那样对生活充满了幻象和展望，想立马着手去做当下所能做的任何事情，努力成为自己想成为的那个自己，认真地对待当下的每一寸光阴，对事充满了专注，对人充满了善意。

还是那一根白头发，只是因为看待的角度不同，得出的结论也不相同，得到的精神状态也就截然不同了。一个是让人精神消减，一个是让人充满活力和爆发力，似乎可以扼住命运的喉咙，朝自己希望的方向前行。我心想，最后的结果也会截然不同吧。

2018.7.23

只能知我所想

当我们把东西送给别人的时候，会去想：他会有什么反应呢？他会怎么想呢？他会怎样回应呢？当对方给予的回馈符合自己的推测时，或者说是自己想要的那种反应的时候，我们就会欢呼雀跃；当对方不在乎、无所谓，若无其事的时候，我们就会情绪低落。

我们有多少时间和精力用在了猜想他人的反应上呢？这样的思维状态似乎每天都会发生几次。可是有用吗？推测和猜想是真的吗？只是自导自演的戏而已。更严重的是，当觉察到对方有微妙变化的时候，就会将之前的猜想全部推翻，继而开始另一种情形的猜想；当再次觉察到新的情况的时候，又会推翻这一次的推测与猜想。如此往复把自己困在里面。

其实只是一件小事，或者只是对方一个普通的眼神或者一句话，可是经过反反复复地推敲之后，就会把事件本身扩大化，而且每一次的推测都会让自己信以为真，时而高兴时而伤心。殊不知，它只是它本身。就拿送礼来说，只要知道和觉察到，把东西送出去的过程中，自己的感受是喜悦的还是平静的，是激动的还是平和的就行了，没有必要刻意推测收礼人的心理感受。

我们能够感知到的只有我们自己的感受，在这个过程中我们真正收获的也只是我们自己的感受，通过把东西送出去这个过程，我们已经体验到了自己想要体验的感受，得到了自己想要的心得与成长旅程。

只能知我所想，感我所感。至于他人，那些真实的感受和感悟只有他们自己才知道，你的猜想永远只是猜想，而且是没有办法被证实的。所以收回自己的猜想与臆测吧，回归到真实的生活里，回到你生活的当下中，去做手边任何你能够做的和想做的事情，那比任由大脑天马行空地乱想更好一些，也更具有创造性一些。实在想猜测，那么就问自己“在这件事情里，我的感受是什么”，让思绪的源头回归到自己的身上，觉察自己，深挖自己。我们这一生的时间是极有限的，即使是长寿者，也是有限的。在这有限的生命里，要把时间和精力用在自己身上，踏实、真实地享受生存的快乐。

2018.7.30

没有尝试，怎知不喜欢

来这里之后，慢慢地养成了一种习惯：每天午睡前和晚睡前听一到两篇短文音频节目。前段时间听的是《有声图书馆》，下载的节目快要听完的时候（这些都是在出海之前下载的，在海上是没有网络的），我心里是不舍和惋惜的，担心后面听不到这么好听的节目。等真正全部听完了之后，我开始尝试着去听之前下载的《365 读书》。刚开始只是一种听书的习惯让我去听而已，心里还产生了比较心理，总觉得前一个节目更好一些。

于是前两天靠岸有了网络，我赶紧去下载了《有声图书馆》新更新的那几期节目。今天午睡的时候，我迫不及待地去听新下载的节目，可是听了几分钟之后，觉察到自己其实更想去听《365 读书》里面的音频，似乎已经习惯和慢慢地喜欢上了主播的声音和有情感的朗读。这是我之前万万没有想到的。

这里并不是评价这两个节目哪个好，两者都好，前者陪伴了我前三四个月的旅程，后者此刻正在陪伴着我。它们都在我成长的道路上，留下了不可磨灭的印记，净化了我的心灵，在此感激它们的存在。

它们让我在以后的事情上不至于那么执着，不再先入为主。没有去尝试，怎么知道自己不喜欢呢？这样的思想会把我大脑的边界再次扩大，不至于把自己困在一个狭小的框框里，让我更加勇敢地去尝试新的事物，去探索未知的世界。有些理论若是通过自己的实践得来的，那么它是宝贵的，也是最容易发挥功效的，因为它产生于你自己，已注入你的全身，随时等候着被激发、发挥作用。

2018.7.30

照镜子

做完骨折检查后，我待在宿舍足不出户已经 4 天了。大多数的时候我是喜悦的、开心的，正如那天自己所做的决定一样——笑容灿烂，不抱怨，把精力留着创造美好。

只是现在大家都去排练八一晚会的节目了，剩下我一个人在宿舍。洗漱时，我看到镜子里的自己，清澈明亮的眼睛里布满了细小的红色血丝。那一刻我蓦然呆住，看着这个自己，有点儿不想去接受这个现实，前几天还活蹦乱跳的我，怎么一下子变成了这副模样？难道是宿舍里的空气质量太差的缘故吗？还是我用眼过度导致的呢？

正在心情低沉的时候，我听见另一个声音说：无论对身体怎样保养和爱护，它都会变老的，这是一个必然的过程，即使没有发生骨折这件事情。

是啊，既然变老是必然的，那么我又何必对此如此执着呢？放开它，让其自然流淌吧！其实这也是在放开自己的心灵，让心灵自由自在地飞翔。即使在目前的情况下，我的眼睛看起来发红，不够清澈，但是我可以让自己的内心保持清澈纯洁，即便眼睛布满血丝，可眼神是有力的、亲和的、充满爱意的。

若目前的外貌让自己不满意，那么暂时不去照镜子就是了。只要脸上依然洋溢着笑容，只要心里依然对未来充满梦想，就可以弥补这些外在的不足吧。还是要坚持做自己！忽然觉得这里面没有好与不好，都好，按照自己的天性去过自己的生活。梦想在，我在，期待自己七老八十的时候，那张老去的脸上依然洋溢着青春的活力，那经过了半个多世纪的心依然有梦想在回荡，希望自己能成为一个灿烂从容、平静安详的人。

2018.7.30

梦想间接带来的好处

下午醒来，一时间不想看书，不想做原本计划要做的任何事情。于是打开电脑，点开一部电视剧看了起来，起初的二十分钟，还是挺享受的，觉得这样悠闲地看电视剧也不赖。但是随着时间推移，看到四十来分钟的时候，感觉自己开始有些疲惫了，勉强又看了几分钟，就果断地关闭了电脑，准备安静一会儿。因为我知道，自己若是继续看下去，不仅这个下午会浪费掉，而且人也会变得烦躁不安，晕晕沉沉的。

对一个最近需要长期待在宿舍静养的人来说，这是非常不好的现象。一旦人的心浮躁起来，那么就会觉得在这里就像在牢房里一样。曾听过一位同事把这宿舍比作坟墓。既然可以预测到那样的结果，那么在结果还没有来临之时切断向结果发展的途径，就是最有效的，就像医学里对付传染病最有效的方法是预防传染源的传播一样。

在心静的时候，我开始意识到，人得有追求和梦想，这样就不容易被外在的环境所困住，就可以在自己的心里长出繁茂的花园。其实我可以把这段时光当作自己人生的充电期，当成是修炼自己，让自己成为更好的自己的绝佳期。

有些看似悠闲的放松方式，要注意适度，过了就会成为自己堕落的电梯。既然堕落会扰乱自己清明的大脑、平和的心境，那么我还是继续追寻自己的梦想吧。至少在追寻的过程中，我的头脑是清晰的，人是平和的。在梦想还没有实现的路上，它已经间接带给了我很多的益处和功效，何乐而不为呢？这么想着，整个人的精气神立马变得旺盛，或许这才是一个人活着的最好状态吧。

2018.8.1

一小时一放空

按理说骨折这件事，我该抱怨的，那样至少表面上看起来我会感到舒服一些。但是我实在没有那个时间和精力去抱怨，只是在想在这样的状态下怎样让自己活得更好一些，把更多的精力留着去做自己想做的事。

现在，一天二十四个小时完全是我自己的，完全由我自己支配。有这样的时光是幸福的，当我发现这个幸福点的时候，我是雀跃的。在大家还在为我惋惜的时候，我已经步入新生活了。开始的几天，我还是按照以前的作息时间生活，为的是让自己先接受这个事实，让自己觉得自己的生活没有受到太大的影响。

这几天我又摸索出了一个更棒的作息时间表，它不仅让我时刻充满喜悦和活力，而且让我的工作事半功倍，让我的心一直处于平静祥和的状态，时刻都在感激着身边的人与事。它让我感觉自己是如此的幸运，似乎骨折来得恰是时候，让我有更多的时间和空间独处，从而深入地探索自己。这也让我慢慢地爱上了这样的时光。现在我虽然不能出门，但是比以前可以外出的时候更加享受，更加充实。

如此循环、规律且每天都有收获的日子，我无意中发现，自己大概每隔一个小时，就会放空修复自己一次，或许正是因为这样的留白和放空，让我的精力和活力可以保持得如此好。此刻的我在想，要是以后每天都可以这样自己安排自己的时光，那该多好。

2018.8.2

现实照进来

在全身心整理这本书的时候，我得知电话那头的甄患了口腔溃疡和感冒，小鱼儿也感冒了，小橙子最近很闹，婆婆一个人带两个娃压力很大，加上我自己在房间里足不出户已经七八天了，或许也到了生理的一个小极限吧，我感觉自己有点儿烦躁和微微抓狂。

挂掉电话后，我感觉自己已经临近崩溃的边缘，躺在床上，泪水如潮水般涌出，里面是人间百味，包含了质疑、忏悔、自责等调味料。质疑自己要不要放弃；忏悔自己对不起家人，让他们受累了；责备自己没有陪伴在他们的身边。没有答案，只是发泄，各种情绪随着眼泪一起流淌。我心疼甄，心疼婆婆，心疼孩子，就这样在五味杂陈中迷迷糊糊地睡着了。在梦里，梦到自己在老家的田埂上放牛，忽然，牛不走了，犟在那里。就在那个瞬间我醒了。

醒来的自己，像是经过了一次洗礼一样，明显平和了很多。打开手机，搜索自己日记里有关“梦想”的记录，看到了两年前写的梦想蓝图。是的，在追寻梦想的道路上，我遇到了一面墙，要么选择放弃，留在墙的这边混吃等死；要么再努力一把，翻过那面墙，踏上追梦之路。我不想就此趴下，不想任由命运摆布，我想活出自己。

是的，现实照进来了，柴米油盐，这些生活中必须触及的事情进来了，难道要沉沦其中吗？虽然它们是生活的必需品，但生活不应该只有这些，不能只为这些而活。只要自己的眼睛如火炬一样看向那个远方，这些必需品就会变成增值品，它们只会让我走得更远，而不是绊住我前行的双脚。

2018.8.3

土壤与成长

世间万物都依附于土壤，这土壤又分为很多种，土地的土壤、情感的土壤、事业的土壤、梦想的土壤，等等。我们在不同的土壤里吸取养分，成长为现在的自己。满意也好，不满意也罢，已经长成这样，就不要去抱怨了。喜欢的话，就接着在这片土壤里生存下去；若是不喜欢，也可以另外开辟或者寻找一片让自己满意的土壤，继续生存下去。生存是根本，只有让自己生存下去，才有资格谈论其他，比如心灵等。

当生命中发生某件事情时，待情绪稳定之后，一定要去细细品味，弄明白这件事带动了哪些方面跟着动，它好的一面在哪里，它的养分在哪里。要吸取这件事背后的能量。如此，我们才会获得相应的成长，跨上一个新的阶梯。而等我们跨上了新的阶梯就不要再下来了，而要把这个促进我们成长的“工具”抛在脑后，因为它的任务已经完成，没有必要再占用我们的时间和精力。我们应该接着去爬下一个阶梯，直到生命终结的那一天，刚好爬到最佳的位置，可以飞翔的位置。在起飞之前，微微转身，看一眼身后无数的阶梯，再微微一笑，感恩它们托起自己。当然，也要感恩自己没有在某一个阶梯上逗留太久，更没有因为被某一个阶梯吸引而止步。

一片一片的土壤，成了我们人生里一节一节的阶梯，这一切只为了让我们成为那个可以飞翔的自己。

2018.8.4

责任

说句惭愧的话，这是我第一次真正感受到责任。以前我偶尔也会谈谈责任之类的话题，但那只是口头上的，或者表面上的行为，这两个字也根本没有进入我的内心，我也不认为自己有什么责任可言。在老家我是最小的，什么事情都有哥哥和老爸担着，在这边则有甄和小弟帮我承担，我就像是一个无忧无虑的孩子一样，在他们的翅膀下生活着。

然而小鱼儿激起了我心底的责任感，浇灌了原本埋藏在我心底的责任的种子，让它开始在我心里生根发芽。此刻我终于意识到自己应该像一个成年人那样，明白自己该做什么，什么是我必须要去承担的。

我第一次用“成年人”来形容自己。以前我一直把自己当作孩子，觉得自己还小，此刻，我想到的是，我可以去爱护谁，谁需要我的守护，主语转变了；以前我害怕长大，害怕承担，可是这一刻，当我从心底里下定决心去承担的时候，感觉自己一下子长大了，真的是瞬间长大了，也就在那个瞬间放下了扭扭捏捏，放下了娇柔，获得了淡定和从容。原来长大没有那么可怕，可怕的是拒绝长大的心。

此刻，我心底还有一点窃喜，一种成长的窃喜，觉得长大挺好的，真的挺好的。再回过头去看以前的自己，很庆幸自己脱离了以前的自己，就像是突然反应过来，脱去了一身以前引以为荣的皮囊一样。此刻，真心地觉得那层皮囊不值得自己苦苦地坚守和留恋。而在放下之后，一个全新的自己立马展现在眼前，有失必有得，失去的只是本来就应该离开的，得到的才是适合当下的，才是合乎自己此刻心智的。我站在宿舍的窗户边上，看着外面茫茫的大海，看到了那个坚定的自己，那个真实的自己，觉察到自己的心是淡定和从容的，享受着成长所带来的甜蜜。真好，跨过来了，发现了新的天地，竟然如此美好，如此地合乎我的心。

2018.8.5

没有被困住的心

记得刚来船上生活时，我睡觉的时候，一直不敢把床帘完全拉上。总是担心自己会窒息，会喘不过气来，总得留条缝儿，才敢安心躺下，似乎是留给自己一个可以与外界连接的窗口，这样外界的新鲜空气就可以流进我这狭小的空间里。那时，我也确实经常从梦中惊醒，梦到自己窒息。喘着粗气醒来，第一反应是伸手“哗啦”一下拉开床帘，直到把床帘完全拉开，才敢再次躺下来。

有那么一段时间，我特别担心自己会在这封闭的环境里疯掉。但是现在，此刻，当下，我再也不会担心我会疯掉了。自从骨折之后，我已经成功地在宿舍的床上待了 11 天了。之前不敢拉上床帘，然而现在的我每天都把它拉得严严实实的，安心地享受着一个人的空间。

现在回过头看这一切，我觉得得益于“有追求，有梦想”。是的，若不是因为心里有追求，只靠电视剧来打发卧床的时间，要不了两天我就会烦躁的；若不是因为心里有梦想，只是随波逐流人云亦云，我的思想会变得越来越浅薄，认知和情感也会受到影响。自然也会出现大家公认的，来船上之后会出现人的反应能力变慢的情形了。

当我把这段时光，当成是老天恩赐给我让我修己的时候，我的心里充满了感激，并开始适应这里的生活，开始发掘这环境里美好的地方，开始爱上这里。心自在，人自在，心安，人安；心不自在，人在哪里都不自在，在哪里都找不到安生之处；安在心里，不在心外。

2018.8.6

在重复中修行

在我们的人生中，大部分的时间都是在重复做着同样的事，每天重复地洗脸、刷牙、吃饭、睡觉、工作等。每一代人之间也是在重复，重复着似乎一样的轨迹，结婚、生子、生老病死……在这一刹那，我忽然觉得我们来到这个世上是来修行的。

每个人的生命旅程看似千姿百态，却又如此相似。不同的只是每个人心的状态——心的纯洁度和宁静度。那为什么我们所走的道路不同呢？即为什么每个人的人生经历会有所不同呢？这是因为每个人的特点不同，每个人所持有的法门或者法器不同，每个人所采用的途径不同，大家都是根据自己的特点进行选择的。

就像大学宿舍里有四个人，每个宿舍总会相似地有一个爱睡懒觉的、一个爱学习的、一个勤快的以及一个喜欢聊八卦的。每个人都在扮演着不同的角色——自己选择的角色。当看到这一面的时候，心里就不会出现不公平的想法，更不会生出抱怨的想法。因为这是每个人根据自己的特性选择的结果。

其实说白了，只是每个人所选择的修行途径不同罢了。当我们觉得每个人都在各尽其职的时候，心中就会很自然地生出平和，生出坦然和释然，生出欣慰和感恩。感恩相遇，感恩平衡，感恩默契，感恩各尽其职，感恩在重复的事情里感受到不一样的生命的绽放和流淌。

2018.8.7

爱上了你，大海

坐在宿舍窗前的桌子上，看着外面波涛汹涌的海面，我兴奋而激动，猛然间发现自己已经爱上了大海。从刚来这里生活时心存惧怕感和不确定感，到现在获得的享受感，是一个大的心理跨越。当一个人习惯了某种生活之后，总是会在里面找到属于自己的快乐。当下的我或许就是这样的吧，感觉自己像是在游轮上度假，看着大海，吃着零食，思绪飘荡着，嘴角轻微上扬着，心里喜悦着。

这样的感觉真好，让我觉得自己很幸福很幸运，多么好的一次远行呀。看着大海，越发觉得自己爱上了这无边无际的大海。没来之前，我曾幻想过，要是我能去大海中央看看就好了，在那里应该可以净化我的灵魂吧。此刻，我想要说的是：大海，我来了，也确实在你的怀抱里净化了自己的心灵，不仅让我找回了自己，还让我发掘了自己、升华了自己。

我真的爱上了你，大海！若不是你的接纳，若不是你那蔚蓝色的胸怀，我不会成为现在的我，更不会成为一个自己喜欢的自己。看着此时此刻的自己，那样的平静，我很开心，因为这是我一直在追求的状态。对他人而言，可能平静是常态，但对我而言，平静却是最宝贵的状态，没有什么比内心的平静更重要，因为这时候的自己是清晰的、是睿智的。感恩遇见你，大海！

2018.8.8

看高山

在低洼之地，我仰视眼前的高山，心想何时我才可以跨越；

在一个山尖，我平视眼前的高山，心想原来我已经跨越了；

在最高的山尖，我俯视这一片群山，发现你们之间高低不平；

在半空之中，我鸟瞰这一片群山，发现你们之间高低相同；

在远空之中，我寻找这一片群山，发现你们没有高度只有弧度。

2018.8.8

站在下面看

突然发现，我的情绪与他人及周围环境并无太大关系。今天上午我在整理书稿的时候，有些困惑，导致自己情绪有些低落。不过，这是我自己的事情，不需要也不可能让大家跟着我一起低落。

大家的热闹是一个事实，我情绪低落也是一个事实，但这是两件事，或者说是完全不相干的两件事。可是，在刚才，在那个瞬间，我竟然把这两件事情搅在一起，想要大家为我的低落买单，这是多么幼稚的想法呀！好在，我快速地觉察到了，并及时制止了自己的这种想法。

当大家的欢笑声再次传入我的耳朵时，我感觉到自己的嘴角也在跟着上扬。虽说在这样的环境里，已经没有办法午睡了，但是刚好可以看看书、听听歌，这也不失为一种悠闲。午休时间结束后，我像往常一样，开始这一天的下午活动。

我打开电脑，点开一部电视剧开始看——实际上是听，因为我正在看手里拿的本子。当看到本子上记录的“understanding，理解，站在下面”时，我脑海中不停地循环着“理解什么，站在什么的下面理解”。

此刻，宿舍里，我一个人听着换气扇发出的声音，如夏天夜晚田地里虫子的叫声，似乎是一阵一阵的，此起彼伏，又似乎是连绵不断的，着实好听，让我感觉自己此刻仿佛正躺在老家门口的竹床上乘凉。我笑了。这是否就是在知道我们站在何处之后，站在下面看风景的心境呢？感恩及感谢，感恩这群可爱的人儿，感谢自己的成长。

2018.8.9

路途

刚听了一段美文，讲的是一个女孩去给一个男孩送伞的情感故事。这是一个很普通的爱情故事，可是我却从中听到了对人生的追求。或许此刻的我，就是那个送伞的女孩吧，只是我想送的是我的梦想。每每在我快要迷路的时候，适时地就会有某个老师出现或者某些事情发生，给予我帮助、引导我前行。

在我觉得快要走不下去的时候，我会问自己“如果再给你一次机会，让你重新来过，你愿意吗？你还会这样选择吗？”心底很坚定地回答道：“如果再给我一次选择的机会，我还是会这样选择。”既然如此，那么就风雨兼程吧。因为我知道它——我的目的地，一定在那里等着我的到来。

2018.8.10

心坐标

让我们来画一个心坐标：在一条从左往右的直线上，标出一点，左边是对一件事情的情绪发展路线，右边是与这件事情相关的情节发展路线，写上“外在”；再通过这个点，从上往下画一条线，向上发展的是向着阳光的智慧之路，向下发展的是向着黑暗的不明之路，写上“内心”。

在心坐标的原点上，我们的心是中立的，即佛教里面所说的“直心”。这个时候的心，看待外界的人、事、物，是全面的，也是了悟的。

无论我们是在情绪上纠结还是在情节上纠结，对这件事情本身都是没有用的，只会让我们越陷越深。要想看清楚这些人、事、物，唯一的办法就是我们自己回归到心坐标的原点上，再通过这个点向上延伸，这样我们的高度和境界才会随之提升，我们的视野才会越来越开阔，心中才会充满越来越多的光明。反之，若向下延伸，就会带给人更多的黑暗，心中的光亮也会越来越小，直至完全消失，并最终迷失自己。

2018.8.11

调味剂研究法

研究比如“知行合一”等这些古人的智慧结晶是一种享受，但是不能为了研究而研究。

在研究的时候，首先，要明白研究它们的最初目的是让我们生活得更好，并不是让我们抛弃原本的生活。其次，在研究的时候，要懂得节制，这节制包括每天在上面所花的时间和精力，要像放调味料一样，不可过猛，否则就失去了生活材料原本的味道了，甚至会走火入魔，误入歧途。最后，我想说的是，你在书本里或者他人那里看到或者听到的道理或者智慧话语，其实本来就在你自己的心里，它们只是帮助你唤醒你本身就已经拥有的智慧，所以，不要把它们看得特别的高大上，要带着一颗平常的心来看待它们，它们本身也是来源于生活的。

作为一个活生生的人，应该把每天的精力用在当下的生活里，这才是真智慧。当你真的用心去生活的时候，其实有些道理，会自然地流进你的大脑里，它们会在不经意间告诉你一些与你当下心智相应的智慧，有时在你做家务的时候告诉你，有时在你陪伴家人的时候告诉你，有时在你一个人独处的时候告诉你，有时在你沉浸于身边风景的时候告诉你。只要你有心，处处都是智慧。调味剂固然重要，也得有让调味剂施展魅力的食材。感恩遇见！

2018.8.11

流淌

海水，从我来到这里看到它的第一眼开始，就是在这样流淌着，不多不少，无增无减。后来，我忽然明白，“流淌”只是它存在的一种状态，或者说它本身就是以流淌这样的状态存在的。无论它愿不愿意，无论它是激情澎湃还是淡定从容。

我们人又何尝不是这样呢？人人都在感叹生命短暂，感叹生老病死。殊不知，生死，只是一种“流淌”的状态而已。何来的生？又何来的死？生的那一瞬间就意味着走向死亡，死的那一瞬间也就意味着重生。就像作家张曼娟所写的“青春并不消逝，只是迁徙”，青春的迁徙其实也是一种流淌的状态。

生命如同大海，后浪拍着前浪，生命的前浪从来就没有死在沙滩上，它抵达沙滩的那一瞬间，也是它折返回归到大海里的时刻。折返是瞬间发生的，它也就在那一瞬间换了一个名称，不再叫前浪，而是被称为大海。

明白了这个道理之后，就会更多地去享受“前浪”带来的体验，享受流淌的过程，享受自己时起时伏的过程，用心去体会每一个属于它的瞬间。至于“后浪”，不值得去与它比较和计较，因为“后浪”也是下一个“前浪”，它们的旅途其实是一样的，不一样的只是它们各自的感悟和收获罢了。

2018.8.12

与大海的对话

你知道吗，大海？此刻的我是多么地感激你。记得在我来之前，心里想：希望蔚蓝色的深海可以净化我的心灵。此刻，我可以很认真地告诉你：你做到了，我也体会到了。我的心灵已经被你净化了。

虽说我在宿舍里足不出户十几天，但每次通过窗户看到你，我就像是在充电一般，瞬间充满能量，心情也变得平静和安详。

此刻的我，就像是一个情窦初开的女生，面对着你，有着无限的爱慕，却不知道如何表达。按理说我被“关”在宿舍这么久，应该变得失控或者呆滞。可是恰恰相反，我很是欢喜，觉得这样子挺好的，眼前的一切都让我很满意，很知足。

假如没有这扇可以每天看到你的窗户，或许我在宿舍里待不上两天就觉得胸闷了，是你给了我畅想的空间。正是因为每天可以看到你，每天可以时不时瞭望一下你，才让我觉得生活很美好，才不至于觉得苦闷。是你，让我看到了诗和远方，这些精神上的东西所带来的喜悦冲淡了现实生活中的琐事。让我可以微笑释然，因为心里有你。

室友们帮厨回来了，我跟她们说，我发现自己爱上了大海。姐姐说：“那是因为你没有被它折磨得吐得死去活来，到那时你就不爱了，以前我也喜欢大海，觉得大海神秘浪漫。”妹妹说：“现在只有浪，没有漫了。”

2018.8.13

质疑

这两天，我又有点儿质疑自己所写的东西。它们真的对大家有用吗？这是我一直以来思考的问题，如果一本书写出来对他人没有用，那么我又何必去写呢？

我明白，要想让读者在读的时候有某种感受和心境，首先作者在写作的时候得具备那样的感受和心境，真实写照才可以让读者感同身受，才能让文字成为作者和读者之间的桥梁。希望大家在看这本书的时候，可以在平静的心境下收获一点生活的智慧。

在质疑自己的时候，我走到窗户边，想看一看大海。可是玻璃窗很模糊，我只能朦胧地看到窗外翻滚着的海面。那一刻，我很想打开窗户，把手伸到外面去把玻璃擦干净，这样我就可以看见大海，看见远方。但是，目前我没有办法爬上桌子，更没有办法把手伸到外面去。恰在这时候，新疆小妹妹把我的晚餐送了过来，只见她麻利地拿起一块抹布朝舱室外面走去，很快，我的眼前就再次亮了起来，我看见了远方，心也随之亮堂起来。

此刻，我忽然觉得之前的问题根本不是问题，之前的质疑和怀疑也都不再是问题。随着心的亮堂，答案也跟着亮堂了起来。

我突发奇想：要不这本书的名字就叫“流淌”吧！之前我选择的书名是“领悟”，但此刻我觉得“流淌”这个名字更加适合。我一个三十多岁的人，能领悟多少呢？所经历的也是有限的，写的这些，也只是自己的一些生活思绪的流淌罢了。

2018.8.14

回望

从 7 月 25 日骨折以来，到今天已经 22 天了。在这 22 天里，我经历了对这次意外的不屑，经历了对闭门不出的不适应，经历了烦躁、适应、享受、珍惜、喜悦和感激。这段旅程看似是身体在适应外在环境的变化，但是收获更多的是心的变化。在这个过程中，我的心变得更加柔软，更加富有弹性，也更加灿烂。这是开始的时候我没有想到的。我没有想到自己会有这么大的收获，心一下子打开了，眼睛也变得明亮了。

此刻的我，忽然很感激骨折这件事情。这似乎是老天故意安排的一个小小意外，来锻炼我的心性的。在所有的人为我惋惜，担心我在狭小环境里的心理状况时，我却奇迹般地绽放了，比受伤前更加灿烂，更加懂得理解和心疼他人，因为在这个时候我看到了关心和爱。大家的关心和爱，抖落了心上之前所蒙蔽的灰尘，呈现出一颗纯净的心。心亮了，整个世界也随之亮了起来。

回望这 22 天，回望这四五个月，每一段路，我自己都在前行都在进步，只不过近期的这 22 天是我提升最快速的时期。如果说前段时间是在打基础，像绿皮火车一样在前行，那么这 22 天就是快速加速期，像高铁一样在前行。

经历一些事情之后，有些内在的转变，只有自己知道，正所谓只可意会不可言传。因为自己是最了解自己的，也只有自己知道自己看待事物到底有了怎样的改观，那是一种内在核心本质的转变，是一种很精细微妙的变化。反应在外部最直接的变化是由质疑到接纳，由漠不关心到用心体谅，由面无表情到灿烂绽放，那是一种脱胎换骨、一种由蛹蜕变成蝴蝶的喜悦。

2018.8.15

流淌的梦想

梦想是生活的一部分，没有必要给它贴上高尚的标签。这样去想你就会轻松释然一些，至于最后的结果是水到渠成的事。当初我写作，也是想通过写作让自己走出来，并把自己走出来的心路历程告知大家，希望可以让大家借鉴。

对我而言，写作是为了更好地剖析自己，更好地自我反省，成为更好的自己。离开了这个主题的写作，为了写作而写作，就失去了它原本的意义和存在的作用。把写作当成是度日的一种方式，当成是成长的一种途径，这时候会发现它不是梦想，只是成长的阶梯。

这样去想的时候，我豁然开朗。本来写作这个梦想像是一块巨石压在我的身上，现在一下子把这个巨石卸了下来，感觉很轻松。梦想是生命流淌的一部分，只是名称不同而已，其实它本身也是现实生活的组成部分，是一步一个脚印的日常生活所组成的一个人生阶段。没有必要为了梦想抛弃现实生活，在生命里流淌的梦想才可以走得更远，才能持续更久。

写到这里，我基本上已经抚平了因马上要上岸生活所带来的不适应感和焦虑感，转而变成了欣然接受和看透之后的从容。可以确信，上岸之后，自己可以在这两者——生活与梦想之间转换。把每一天的生活过好，让其顺畅地流向明天，流淌出梦想，不再顾此失彼，而是相得益彰，如此甚好。

2018.8.19

解脱的人

今天，头脑里突然冒出“解脱的人”这个词组。我不禁问自己：什么样的人才算是真正解脱的人呢？一个解脱的人，他会如何生活、工作、处理事情呢？当然，我不是，但是我想让自己的思想向这样的人靠拢，想让自己像一位解脱者那样去思考。这样我才能跳出眼前的网，更好地行事。

我们大部分的人都是凡夫俗子，过着普普通通的生活，只有极少数人是圣人或者贤人。但是我们可以让自己的凡夫之躯拥有一张圣贤的思想之网。我们可以是地地道道的生活者，但是我们可以跳出自己的狭隘，学习解脱的人是如何处理事情的。就像《少有人走的路》的作者所说的，在他困惑的时候，他会问自己：害羞有用吗？如果不这么害羞，你将怎么做？如果你是英国女王或者美国总统，你将会如何去做呢？

并不是说我们得真的去做一个解脱的人，毕竟这是少数人才可以达到的，但是我们可以向他们靠近，可以模仿他们的思维模式，不断去提升自己的思维层次，让我们可以站得更高、看得更远，让我们眼里看到的更多的是整体，是主干道，至于路边的坑坑洼洼、丛生杂草，只需径直跨过去，不带有任何的犹豫。因为心里知道，这些只是障眼法，目标就在前方等着我们的到来。

要想成为什么样的人，首先得拥有那种人的思维模式。思维先到，人紧跟其后。就像发明和创造一样，先在大脑里形成模型，然后去实践，从而让思想变成展现出来的实体。

2018.8.20

保养

人的身体就像一台仪器，一台供我们自己使用的仪器。同其他仪器一样，它的寿命大致也是固定的。但是为什么有的人寿命长而有的人寿命短呢？是因为每个人对身体这台仪器的保养不同。我们对身体爱护有加，自然会延缓它衰老的速度，减少它出现故障的次数。

就拿吃来说吧，在食物进入我们体内之后，会进行一系列的物理和化学反应，并最终转化成身体所需的养分和不需要的排泄物。我们身体所能够消化的食物总量是有限的，就像是一台车子出厂的时候所标出来的能够行驶的公里数一样，假如你在年轻的时候猛吃海吃，年纪大了自然就吃得少或者不能吃。出来混，总是要还的。有节制地细水长流，才是对身体真正的保养。所以，像爱护自己心爱的仪器一样爱惜自己的身体吧。

经常听到有人说："人活一辈子，该吃吃该喝喝。"这话没错，但是并不是在教导我们放纵自己，图一时之快。假设我们的身体能够消化的食物总量是 A 吨，我们能活的年纪是 B 岁，那么就可以计算出，我们每天的平均进食量。当然，这只是一个笼统的概念，毕竟幼儿时期、少年时期与中年时期，所需要的热量不同。我这样说，也仅仅是为了提醒自己。

身体这台仪器什么时候需要大清理，需要多久清理一次，什么时候需要添加水、油，需要多久检修一次等，都需要我们自己来把握。保养身体的原理和保养仪器的差不多，只要你足够用心，总能够找到适合自己身体的保养日程。

2018.8.20

被扰乱的心

过几天要靠岸了，觉察到自己原本平静的内心被扰乱了，被外界的事情带着走了。本来我对自己的需求和爱好是很明确的，每天也在这样进行着，可是今天，我发现自己完全静不下来。打开电脑看了一会儿，又关上了；听歌听到一半也听不下去了。

深深地吸一口气，又缓缓地吐出来。待自己稍微平静之后，我不禁问自己，这是怎么了？答案是：自己想要的那种生活，被活生生的现实冲刷了。再一次深深地吸气，并缓缓地吐气。试图让自己的心回家，回到心里，而不是在心外求在心外找。

我与自己对话，直到心恢复宁静，恢复平和，恢复喜悦，我感知到自己的脸上露出了笑容，这一刻我知道，自己的心回家了，回来了。还是这样的状态好，这样的状态才是我最喜欢的状态。先前眼眶里的泪水被吸收进了体内，这种自产的天然的眼药水，让我的眼睛变得更加明亮，同样也让眼前的人、事、物变得明亮起来。

已经趴在床上半天了，我起身活动了一下身体，听到脑海中不停地重复着“永远不要失去对生活的向往”。我笑了，走到窗边，看着晚霞中的大海，宁静而庄严，一条一条的光线正缓缓地落在海平面上，我对着大海说了一声：“完美！”

2018.8.21

喜悦之球

午睡起来，站在窗户边上，想调节一下眼睛，却瞬间被眼前的景色吸引了。阳光透过玻璃打在阳台上，再落在桌子上，窗户旁放着的两个小娃娃也给这景色增添了一些小情调，看上去就像是一对情侣躺在太阳椅上晒太阳。窗外的海浪，与行驶中的船相碰撞，激起浪花。窗外的动与窗内的静，形成了鲜明的对比，一动一静，相得益彰。

我站在那里足足看了半个小时，直到腿有点儿发麻，才反应过来应该活动一下筋骨。趁着自己还处于喜悦状态的时候，给家人打了个电话。我喜欢在喜悦的时候给家人打电话，把我的喜悦与他们一起分享，这样我的喜悦就传给了电话那头的家人，从而形成一个更大的喜悦之球，让更多的人获得喜悦。

通话过程中，电话这头的我说着笑着，电话那头的父母也跟着笑着，然后电话这头的我便更加开心。从甄的声音里听得出他此刻的状态也不错，与昨天的低沉截然相反。在这样的状态下，无论我们俩聊什么，都是笑嘻嘻的，即使平日里很常见的事，在这一刻，也会觉得很好笑，每一个词语都像是快乐的音符，在电话两头相互跳跃。这是喜悦与喜悦之间的对话。电话挂断之后的时光里，我久久地被这份喜悦笼罩着。这或许就是当你让别人快乐的时候，你自己也会更加快乐的原因吧，是个良性循环。

此刻，无论我看到什么都觉得是那么的美好，大脑里一片清澈。犹如自己来到了一条清澈见底的小河旁，河边的柳树随风飘扬，而我悠闲地躺在河边的躺椅上，迷你的小音箱播放着动人的轻音乐，我缓缓闭上双眼，用鼻孔感受着清新空气的流动，让自己全身心地陶醉在这样美好的时光里。喜欢这样的聊天方式，喜欢这样的时刻，喜欢这样的状态，沉浸在和家人一起分享的喜悦里。足矣！

2018.8.22

言语

说出去的话，无论是对谁说的，最终都会回到自己的身上来。自己是一切的原点，是一切的出发点，也是一切的终点，就像是弹弓一样，弹射时拉皮筋的力气有多大，反弹回来的力气就有多大。说出去的每一句话，都应先经过洗涤和净化，经过“正心正念”的检验，经过“喜悦灿烂”的镀金，再送出去。这样才是妙语，才是用心之语，这样的话语才会像蜜一样，直接滋养到双方，让双方以喜悦的方式接受。

言语是一个魔法棒，会说话是一种智慧。平静下来之后，我告诉自己，不可以再肆无忌惮想说什么就说什么了，无论是说自己还是说他人。在未来的日子里，我应该时刻检讨自己，觉察自己的言行，跟着自己的良知走。

2018.8.26

你觉察过大脑自动出现的音乐了吗？

刚开始体力不支的时候，我发现自己无意识地哼唱了一首已经很久没有听过的歌曲。等我回过神来时，不禁很诧异：是谁在我脑海中播放的音乐呢？

我发现自己在不同的状态里，大脑会出现不同的音乐，很多音乐只是以前接触过，根本不是很熟，有时候事后再去想自己刚才唱了什么，甚至会想不起来。我想这样的播放模式，应该是我们的另外一种能力——随时应景地为我们选曲播放。这个“播放者”能在我们需要的时候，给予相应的歌曲。这是怎么做到的呢？真想进入我们的身体中一探究竟。

为什么在这个时候播放这首歌曲？是谁在控制着这首歌曲的播放开关呢？它是按照什么标准选择的歌曲呢？它让我听这首歌是想告诉我什么呢？是为了安抚我的心灵吗？还是想传递给我什么信息呢？当然，这里要排除那种长时间待在播放同一首歌曲的环境里所导致的被歌曲强化记忆的情景。我所说的是，大脑里猛然间冒出来一首歌曲，但自己想破头也想不出来这首歌叫什么，何时听过的这首歌。这才是有研究价值的瞬间。

是潜意识在推送这首歌吗？很想与这位操纵者见见面，然后当面问问上面的那些问题。那该是怎样的一场交流呢？

2018.8.27

爱与时间

爱是需要花时间的，是需要花时间才能呈现出来的。这份爱包括人与人之间的爱，也包括人与物之间的爱。只要我们说“我爱某某”，那么我们就要将这份爱付诸行动，否则只是一句空话。

爱与时间之间有着一种奇妙的关系，投入进去的时间，会转变成爱的呈现形式。比如我爱小鱼儿，那我就愿意早起花时间给他做早餐，愿意陪他看书，愿意陪他玩耍，等等。当我全身心陪伴他的时候，我把时间花在他身上的时候，我相信小鱼儿感受到了妈妈的爱。

但是说来惭愧，我至今才学会，才领悟到这一点——爱是要付出的，爱是要牺牲一些时间或者用别的东西来交换或者说呈现的。忽然想起了甄，他很少在口头上表达爱，只是用行动来诠释爱。他喜欢说的是：把手头的事情做好。我想，他才是真正懂爱的人，才是真正传递爱的人。他把自己的时间用在了与家人做有意义的事情上，一件一件地去做。这才是真正的爱。

爱什么，就要舍得在什么上面花时间。人也好，物也好，爱好也罢，都需要将时间投入进去，才能真正证明爱的存在。否则你所谓的爱就是虚空的，是漂浮的，是无法让人接住的。感恩和感激今天的指引，让我明白了自己以往的过错，让我明白了如何去做才是真的爱。

2018.8.28

独立的个体

此刻，我躺在床上挖掘自己，深究自己，剖析自己。只有看清自己，才能知道如何改变自己、修正自己，才可以获得真正的成长，心灵上面的成长，思维层次方面的成长。

其实，每个人都是一个独立的个体，父母、子女、伴侣、朋友、同事等，每个人都有自己的一套逻辑和成长经历，同样，每个人的心里也多多少少都装着一些人，这些人在其心里的地位如何只有当事人自己知道，我们外人即使知道，也是透过他表现出来的一些蛛丝马迹分析出来的，而且是按照自己设想的情景去分析的。佛陀所讲的“一行三昧者，于一切处，行住坐卧，常行一直心是也”，或许就是教导我们不要去猜想、揣摩别人，一切回到自己的身上来。我们自己才是一切的本源。我们能够照见的只有我们自己。

不揣摩，不执着，以一颗真心来看待身边的一切，不添加任何色彩，让一切呈现出它本来的面貌。让每个人成为独立的个体，不依附，如此方可获得成长。若双方都是如此看待自己以及对方，那么对于双方而言是一种解脱，一种自由，而不是束缚。放下，自在。聚时珍惜享受，各自成长，感叹有你真好；离时洒脱祝福，各自飞翔，不带走对方一片云彩。

2018.8.29

真切

我们的这趟人生之旅，就是从一种纯洁走向另外一种纯洁，我们要做的是，洗去心灵被尘世染上的一切尘土和色彩。修行人所追寻的其实就是一个纯粹的自己，让自己回到婴儿的状态，成为一个更有灵性的自己，一个更真切的自己。

圣贤王阳明曾说：致良知的功夫就是简易真切，越真切就越简易，越简易就越真切。简易真切，是一个人追求的根本，如此为人处世，自然纯真，又有谁会忍心拒绝一颗纯真的心呢？用自己的真心，跟随着自己的良知，跟随着自己刹那间的灵感，去真切地生活，去真切地做事情，自然处处都是喜悦，处处都是欢喜。

记得有一次喝茶，姐姐说："不是看做得多么漂亮，而是看做得用不用心。"用心做的东西，别人是可以透过外在形式感知到的。拿做菜来说，用心与不用心味道是不一样的。用心做的菜，吃到嘴里满满都是幸福感和喜悦感。若在做菜之前先调整好自己的心，让心沉静下来再去做菜，这样做出来的菜自然美味，就好像内心的那份平静和喜悦也融入了菜和汤里。难怪有人说灶台是一个神圣的地方，是最大的修行场所。

所以说最好的厨师，是用心的厨师，是心静如水的厨师，这样，别人品尝到的就不只是菜，还有菜背后的那颗真切的心。

2018.8.30

人生之河

如果将我们的一生比作一条河流，那么每一天就是这条河流里的一段。这一段是浑浊的还是清澈的，对整条河流的影响是微乎其微的，但是如果累积起来，那就举足轻重了。

若每一天在这河流里流淌的都是清澈的水，那么在我们的整个生命旅程中这条河流就是清澈的，畅通无阻的，可以一直这样流淌下去，这也在无形之中拉长了生命的长度，拓宽了生命的宽度；若每一天都在这河里添加一些杂质，刚开始可能不觉得有什么变化，但到最后就会发现，这条河流已经污浊不堪、臭气熏天，且由于淤泥太多，所牵绊的物质太多，流速也开始减慢，所能到达的长度也在无形之中缩短了，河水也在流淌的过程中枯竭耗尽了。这就是每天清空自己的重要性之所在。

当我们的心不“稳”的时候，很容易被身边的人、事、物带着走。所以，当自己的心不稳定的时候，不要急于去做任何事情，更不要急于去做任何决定，而是应该先去修复自己的心，让自己的心慢慢地稳定下来，慢慢地趋于平和的状态。心稳定之后，再去处理事情，这时候就会更加得心应手，有理有节，心平气和又不失分寸。

在人生之河流淌的过程中，让心稳住，稳稳地安住在身体里面，让其保持本来的清澈与纯净，这或许是我们每时每刻生活的重点。无论遇到什么情况，都应先去清洗自己的心，先回到自己的内在，内在清理好了之后，再站在不同的角度去仰视或者俯视或者平视或者透视这些人、事、物，看明白了之后再去处理外在的事情。

2018.8.31

不执着

看着这微微波动静静流淌着的大海，忽然明白：让一切顺其自然地流淌才是最好的生活状态和生活方式，不要过分执着。因为这份执着会爆发能量，产生阻力。

此刻，我轻轻地闭上双眼，感受着时光的流淌，感受着生命的流淌。我们用心去体察身边的人也好，物也罢，不妨自问，这里面是否有我执着的呢？如果有，那么告知自己：不要执着，让其自由流过吧。当我把自己翻开来看的时候，发现自己原来有如此多的执念，比如，对大海的美景有一种执着，以至于日出和晚霞都不想错过。当下就在心底告知自己：放下，放下便自在。果然，心忽然开了，眼也明了，嘴角也笑了。

当我对梦想也不执着了，只是让其自然流淌而已。没有期待，没有伤心，只需享受自己在这过程中的成长就好，只需享受梦想流淌过我身体的这个过程就好。当我们放下梦想的时候，梦想就不再是梦想，只是生活里普普通通的一件事情而已，就像是每天吃饭睡觉一样，以我喜欢的方式在我的生命里流淌而已，毫无包袱。

梦想是虚幻的，生活才是真实的。此刻我爱生活，不爱梦想，因为梦想是遥不可及的，生活才是实实在在的，才是可以握在自己手心里的，才是可以当下就感受得到的。这样的真实感，是我喜欢的，这样的心态，让我感到很轻松，写作像玩一样自在。

之前写作对我而言，是一个梦想，是一个自己想要实现的梦想，于是开头的时候，很辛苦，为了写作而写作，那时候觉得写作是大事情，生活是小事情。然而，此刻虽然也是在写作，但是在生活的基础之上写作，是对生活的一种自然的流淌而已，是一种享受的状态，是一种生活的习惯。心态改变了，看法就变了；

看法改变了，行为也就跟着变了；行为变了，心也就释放了，不再紧绷了。不执着，让一切顺其流淌。

2018.9.2

当下最美

午睡前听了白岩松老师的一篇短文——《青春该怎么过？不计后果地过》，让我醍醐灌顶。文中提到史铁生曾说过这样一段话：当时四肢健全的时候，可以随地奔跑的时候，抱怨周围的环境如何的糟糕；突然瘫痪了，坐在了轮椅上。坐在轮椅上的时候，抱怨我怎么坐在了轮椅上，不能行动了，怀念当初可以行走、可以奔跑的日子……所以史铁生说生命中永远有一个“更”。为什么不去珍惜呢？

此时此刻的我不也是这样的吗？在这样蔚蓝色的大海里，有吃有喝的，还有几位友善的室友和同志们，而我却没有去珍惜，而是在计算着还有几天回家，已经开始在倒计时了。

此时此刻我问自己：如果在这样单纯的环境中我都生活不好，处理不好事情的话，即使回去了又能怎样呢？不还是会出现同样的问题吗？不同的只是身边的人换了而已。

是的，是这样的。为了不让以后的自己懊悔当下没有好好珍惜，此时此刻我要站在未来的角度重新审视现在的生活，未来的我希望当下的自己如何度过呢？我知道，肯定是希望自己可以珍惜这些一同修行的人们，肯定是希望自己可以享受在海上净化心灵的这段时光，肯定是希望自己可以记录下自己每时每刻的感悟和感受，肯定是希望自己可以珍惜这段属于自己的增值期。

笑一个，对了，就是这样，完美，去做吧！

2018.9.11

原来迷茫是因为爱自己

一个人在宿舍里看书、听书，偶尔站在窗边看看大海。今日的大海是灰黑色的，天空雾茫茫的一片，整个天空像是罩上了一层纱布，除了太阳的光芒射进来之外，其他的几乎看不见。不过好在海平面还算是平静，船的起伏很小，我便坐在窗前的桌子边开始写东西，老躺着也不好。

以前我觉得自己不爱自己，特别是处于迷茫期觉得人生没有意义的时候。此刻发现，原来我是如此爱自己，正是因为爱自己，所以我才会迷茫。因为迷茫，于是开始自责，责怪自己怎么这样消沉。事实上，正是因为那个时候的我是站在自己的角度看问题，所以才导致自己迷茫的。因为那个时候的我知道，如果十年之后的自己还是像现在这样机械地工作，那么十年后的自己肯定会讨厌这个墨守成规的自己的。

现在我可以告诉你，当你迷茫的时候，正是你爱自己的时候，是想要过自己生活的时候，只是一时间找不到方向而已，只是自己的能力或许还没达到自己想要的那种高度而已。坚持走下去，穿过这片丛林，回过头来，你会感激当时那个迷茫的自己。正是因为有思考有想法才会出现迷茫。

记得有一本书上讲，社会上的人分为三种，一种是自然人，一种是知识人，一种是自由人。处于迷茫期的人，是处在第二阶段的人，是在前进的人，迷茫是前进的一个表象，也是向自由人迈进的必然过程和经历。

2018.9.12

站在岸上看

午睡之前，躺在床上，头脑里冒出一幅画面：我站在两个池子中间的岸上，左边是一个大泥潭，右边是一个同样大小的清澈见底的水池。

我站在岸上，看着这两个本来同样大小的池子，心想：为什么会呈现出这样截然不同的样子？到底是什么导致了这样的结果呢？我知道，是心。当心越来越小的时候，他们的世界也就越来越小，他们的眼睛只能看到那么一丁点大的世界，在那个芝麻大的世界里结束自己的一生，最后自己把自己逼上绝路；当心敞开的时候，他们会发现无限可能，他们也创造着无限可能，同伴之间相互谦让，他们知道：道路有无数条，没有必要与同伴挤在一起去争夺同一件东西，因为他们相信自己可以创造出自己想要的东西，他们享受着自己创造奇迹的过程。

或许这就是在同一个世界里，在同一个层面的生活里，每个人所处的心境不同的原因吧。因为每一个人在乎的内容不同，每一个人心的容量不同，所以每一个人所能看到的世界也不同。

2018.9.17

心定了

心定了
对于一切不再有想要抓住的执念
只是一件一件地去做
去做当下的事情
既没有抱怨
也没有惊喜
只是顺势流淌而已
身体只是这些事情流淌的通道而已
因为
心里明白
当下即是一切
当下是过去的果
也是未来的因
因为
心里明白
一切都会实现
一切将会到来
一切也将会消失

第二部分

中

给读者的话：这部分有些是提炼出来的流淌的思想核心，有些是原汁原味的展现过程与过程中的所思和所想。记得作家林清玄说过，作家也分三种，一种是文字的写作，一种是精神的写作，还有一种是生命的写作。我希望我的写作是生命的写作，是在用我的生命和情感在写作。希望这本书是如一股清泉流进人们的心里。

第一章　提炼

成长是连续的，任何一个阶段都只是暂时的；状态是一种真实的情感反应，它是一过性的。

2019.1.8

向外求胜，不如向内求安。

2019.1.13

索求爱，索求公平，索求一个说法，“索”住的是自己，“求”来的不是自己的。

拿起，放下，先要“拿起”，才有“放下”。

2019.1.22

一次擦拭的觉悟，永世的安宁。

哪有时间沉沦，时间用来成长都是不够的。

写作是一种救赎，是一种找回自己的方式。

2019.1.31

唯有放下，方自在。

体验放下，才是人生的真谛。

抱怨是马后炮。

2019.2.22

因为关系好，所以理所当然，因为心里有预期。

2019.2.24

为嘴里说出的每一个字负责；为心里冒出的每一个念头负责。

活得洒脱一些，方可看得更高更远，直到生命的尽头，直到无穷的存在处。

一切都会流失，唯独它——内在的成长长存。

2019.4.2

打坐就是卸下，给人带来一种如释重负感。

2019.8.17

不要只是成为一个生活者，而是要成为超越生活的智者。

写是流淌之后的提升；说是宣泄之后的投射。

上面是天气，下面是人气。

中心不动，扩散影响；中心一动，散而重聚。

在自在的世界里，无所谓长，也无所谓短，一切照旧。

2019.8.22

第二章 原点

这段文字原本是不想呈现给大家的，所以才有了上文的提炼篇章。在写这段文字的时候，我自己正处于抑郁期，所以文字会带有一些灰色。这与我原本打算的呈现一汪清水式的文字有所不同，但最后之所以把它们原原本本地呈现出来，是因为，如果说之前的“迷”是我在迷茫期对人生意义的所感所悟，那么这段文字就是我在抑郁期的所感所悟了。

迷茫走了，抑郁来了，迷茫的是人生意义，抑郁的是人生原点，迷茫是因为想参透万事万物却参不透，抑郁是因为想看透自己却看不透。

2021.1.28

不选

一个人，背着包，听着歌，悠闲地散步于路旁。看着眼前一幕幕的风景，我知道，自己也是别人眼中风景的一部分。

一直在说选择，是的，以前的我喜欢选择，也喜欢说选择，然而现在，忽然觉得不选其实才是最高级的选择。那是对生命有了更深一层的领悟之后的洒脱，一种看破的坦然，因为多一物就会多很多烦恼，同时也会失去很多其他的。

若一切都是安排好的，那么最好的选择就是不选择，就是每时每刻活在当下，做好当下所能做的一切。

2019.1.4

心大

早上起来，坐在上班的公交车上，忽然想起同事描述我的话："她心大，没心没肺，还是这样的人好，长寿。"

其实，我也并不是一开始就是一个"心大"的人。以前我也和大家一样，会因为别人的一个举动、一句话，琢磨半天，翻来覆去猜想对方的想法。现在之所以这样，是因为我经历过一次人生的迷茫期，或者说得更好听一些应该说是重生期。

那时候我忽然发现，我们的思绪是可以相互影响的，更重要的是我们的思绪具有建设性，也更加地明白"爱出者爱返，福往者福来"的道理。也就是在那一刹那间，忽然学会了止住自己的念头和思绪，不让杂思占据内心，学会了让自己时刻保持清净的一种办法。这也许就是人们说的"心大"。

从那之后，好与不好都可以随意地从我这里流淌而过，不会许久地在我这里卡住或者止住，而我本人仅仅是这些思绪的流淌通道而已。就像当下的这些文字一样，只是我坐在地铁里，随意流淌出来的一种感受罢了。来了就让它们流淌出来，不来就安心地享受清净。如此而已。

2019.1.4

暖家

这两天天气转凉，也正是这样的时候，才让我更加地依恋家，才能更加地体会到家的温暖。

早上，我像往常一样起来看书，坐在书房的榻榻米上，看着窗外的绵绵细雨，听着呼啸而过的风声，这个时候，如果谁还在外面露宿，那该多么湿冷啊！这个时候最能体现出家的重要性了。

家，是一个永远也不能忽视的话题，也是我们日常聊天讲得最多的话题——要么是关于家的变化，要么是关于家里面的人的变化。

记得几年前的一个夜晚，我下班后不想回家，于是在微信上联系一起练瑜伽的姐姐，想约她出来一起吃饭。姐姐本来已经很高兴地同意了，但当她知道我是因为不想回家才约她时，她说："这大冷天，家才是最温暖的，你回家去，我也在家等着我家的那位回家。"当时虽不太理解，但是当我回到家，看到家人已经做好了热气腾腾的饭在等我的时候，这一幕让我将自己下班后不想回家的原因彻底抛诸脑后了，觉得那个原因不值得一提。

人就是这样一天天成长的，越往后过，越明白到底什么才是最重要的，什么才是自己真正需要和想要的。

循环

因为过元旦，甄买了三束花，一束洋牡丹，一束蓝色的蜡梅，一束水仙百合，我们一起把这三束花分别插在已搁置了很久的花瓶里。在把花瓶摆好的一刹那，感觉家里一下子多了很多的生机，我也对这个家更加满意和喜爱了。

这些小小的物件，在生活里起着调节情调的作用，而且效果往往超乎你的想象，它能让住在这个家里的每个人变得心情愉悦，心平气和，就连说话也比平时温柔一些。

或许这就是一种良性循环吧，一种美的传递。

安定

今天是 2019 年上班的第一天，我很积极，就像是真的在喜迎 2019 年那样。回顾刚刚过去的 2018 年，感觉很充实，真的可以用感恩来描述 2018 年，因为这一年真的值得感恩，就连自己也被自己感动到了。

以前我以为一个人只要看透了生活，就不会再有烦恼，这种想法当然是错的。这个看透的状态需要自己每天花时间来维持，即若不想让外界的人、事、物打扰自己，就必须练就坚定的信念和恒心，需要一份定力。我现在需要的正是这种定力，也就是要时刻了解自己，安定自己，如此才可以长久地保持一颗淡泊宁静的心，一个看透万事万物的微笑，一份自心底流淌出来的感恩。

开了

心定了，却忽然不知道写什么了，但我还是告诉自己要尝试着写点什么，这样才可以把这种状态长久地保持下去，才可以见到那个未来的自己。

有些道理，其实我心里都明白，也知道那样做会更好，但就是做不到。可能是我还没有下定决心让自己变成那个讨人喜欢的模样，还没有完全打开自己，没有完全绽放自己。或许是因为时间未到吧，等到了，也就绽放了。

昨晚睡前，水仙百合开了，我发了一条朋友圈，说“开了”。是说花儿开了，同时也是在说自己开了。一朵花开了，一颗心开了。

体验

来这座城市整整八年了，每天像蚂蚁一样穿梭其中，忽然有一天，我想从高处看看这座城市，看看这个自己每天生活的地方。于是心血来潮地订了观景最好的酒店，并让朋友为我选择了最好的观景房间，然后周五晚上带着甄和小鱼儿一起来看。

虽然我也知道自己的做法有点疯狂，但我真的想看看。我跟甄说：“看完，发现也就那样，我也就放下了，不会再有念想了。”说白了就是“体验，放下”。对我而言，人生这条路，就是一条体验和放下之路。很多想法，我去实践了，体验完了，也就放下了，否则这些想法会长久地待在我的大脑里，甚至成为未来懊悔的各种借口。

虽然那天烟雨蒙蒙，不是观景的最佳时间，但是我想，朦胧自有朦胧的美。其实甄一开始是有点儿不情愿的，但是为了满足我，也就跟着我一起疯狂了。出乎意料的是，那天的甄似乎是被我感染了，事后也觉得值得，很好。

那天看风景时，我在想，有些人，或许在这里生活了一辈子，却从来没有真正地看过自己生活的这个地方吧？

当我从高处看着眼前的三江口时，看着车子在路上奔跑，看着船从桥下穿过，我内心升起了一股感激之情，感恩这些车、这些人的移动，感恩这些船、这些桥，感恩眼前的一切组成了我眼前的美景，也让我看到了人的渺小。车辆尚且如蚂蚁大小，更何况车里的人？可是正是这些小小的人儿建造出了这个伟大的世界。看着眼前的一栋高楼，我盘算起来：一间房子几百万，那么这一栋房子少则也有一个亿吧？忽然想起某个人说的话“先定一个小目标，先赚一个亿”。当时觉得一个亿简直是一个天文数字，但是这一刻，我忽然觉得被量化的一个亿不过就是一栋房子而已，一下子豁然开朗，觉得也就那么回事。

当我们离开酒店走在回家的路上的时候，甄说：“现在我们成了别人眼中的风景。”我笑了笑说：“那就好好地当一次别人眼中的风景吧。”体验过了，放下了，然后可以更加安然地生活了。身安了，心也安了。

2019.1.8

规律

最近家里养了好几束鲜花，有白色的百合、蓝色的蜡梅、粉色的满天星，还有两束配搭好的鲜花，一束是古典的黄色系列，另一束是淡雅的紫色系列。每天下班第一件事就是给这些花儿换水、修剪。

我发现花朵开得大的，绽放的时间相对比较短；而像满天星和蜡梅这种花朵小的，绽放的时间要久一些。

发现这个规律的时候，我想到了人类自身，觉得老天真的是公平的，那些绽放得大的，持续的时间往往短暂，而那些微小绽放的，反而可以长久地存在。这不仅是指美貌，也包括做人做事。低调地绽放，比张扬地显露更加适合生存。

不过也算是各有各的特色吧，一个走的是激进路线，快而短；一个走的是保守路线，慢而长。

2019.1.17

他爱

大家都说我们家很温馨，我和甄相互扶持，但我起初并未感受到。后来我知道是什么原因了，是因为我一直想要管理甄，想让他按照我的想法去做。

然而，他是他，我怎么可能改变他呢？而我却还想管理甄的爱，怎么可能行得通呢？我唯一能改变的只有我自己，也只能管理我的爱，我爱谁，我愿意把爱给谁。

所有的痛，都来自想管理他人的爱，因为被他人的爱牵着鼻子走，所以才迷失了自己，所谓的崛起，也就是开始意识到这一点，并开始管理自己的爱、自己的生活。真实地面对自己，或许是认识自己的第一步吧。

虽然苦涩，但是庆幸自己成长了，庆幸自己找到了这一切问题的根源。感恩！

2019.1.25

心动

一种花，一旦你认识它之后，在以后的日子里，只要身边有，你都可以第一时间发现它们。这就是认识之后的发现。生活的真谛也是一样的，也需要我们先花心思去认识它们，这样才可以在日后的每一天里发现它们，才会发现：原来它们一直跟随着你，一直就在你的身边，只是过去自己不认识它们罢了。

先有认识，后才有发现。

写到这里，不自觉地舒了一口气，我忽然羡慕起三毛来。羡慕她比我有魄力，羡慕她的父母让她在家休学七年，这是多么大的胸怀，这是多么睿智的举动呀！她一直都知道自己要什么，也一直在内心的指引下生活着。

我问自己：我是否有勇气抛开世俗种种，去追求自己想要的生活、工作，去寻找一个静谧的地方，书写自己的人生，让自己的光芒发散出来，而不是一直压制着它们，让它们屈服于生活呢?

此时，我正在广州。这是小鱼儿的第一次寒假旅行，也是对我而言一次全新的改变自己的机会，只为实现跟着心走的梦想。

已经晚上十点多了，小鱼儿早早睡了，甄和我通过客厅的投影屏幕看了一部喜剧电影，又在阳台的小吊椅上坐了一会儿，看了一会儿夜景。一切都是那样美好，那样让人心醉，让人欢喜。

更让我庆幸的是，甄也喜欢上了这样的旅行，这样随心而动。看着他和小鱼儿那么欢喜，我忽然也自信了起来，觉得自己的坚持是值得的。我想，我其实一直都是知道自己要什么的，知道自己内心的真正需求和追求。

2019.1.29

内在的富足

在广州的最后一晚，我们去登了广州塔，看了广州夜景。这些花销对以前的我来说，会觉得不舍得，但是自从我的观念转变了之后，我就不再这么想了，我觉得值得，因为看过之后，就不会再对广州塔有念想，也就放下了。

其实门票加起来也就 500 元。以前看到别人在上面，好生羡慕，觉得那是有钱人的生活，离自己很远。今天上去之后，觉得也就那么回事。

归根结底，就是这 500 元让我的心富足了。因为我知道，自己以前羡慕别人登广州塔，其实只要我真心想要，也是可以获得的，500 元相对于内在变得富足来说并不贵，根本没有必要再去羡慕别人了。想要什么，或者想体验什么，去做就是了。

体验完了，明白也就那么回事，也就放下了，这样我们才有更多的精力和时间去做其他事情，那些让自己的内心更加富有、眼界更加开阔的事情，从而让自己的思想再上一个高度。这或许才是成功的人生活法吧。体验，放下。

内在的富足，或许才是一个人感受幸福的砝码。内在越幸福，感受幸福的能力就越强，就越能看透看明白一些事情，从而更好地认识自己。

当下

在旅途中，只要有空闲，我就会戴上耳机听《今生就这样开始：三毛传》。

我很喜欢三毛，很欣赏她。于是我经常想：为什么这么高贵的灵魂，最后会因为精神崩溃而离开了人世间呢？我把她的书，一遍遍地倒回去读，倒回去听，想通过她的书反推出原因。

我想到了《梦里花落知多少》。三毛在写这本书的时候，荷西已经离开了人世间，整个写作过程对三毛而言就是回忆，就是不停地、夜以继日地回忆着过往，回忆着他们之间的点点滴滴。

我也想记录自己成长路上的点点滴滴，可是我不想要她那样的结局。我只是想单纯地记录，记录自己的成长之路。于是，我告诉自己：不写过去，不回忆过去，尽量只写当下，当下的心境、当下的感悟、当下的成长点。

只是单纯地记录自己的点点滴滴，按照时间顺序记录自己，只写当下，记录自己是如何一步一步提升、一步一步成长起来的，是如何成为当下的这个自己的。写到差不多了，就截止完结，开始下一段路程的记录，仅此而已。

感恩三毛，感恩大家，感恩那些给我启示的人和事，是你们让我成长了，是你们让我走到了现在，所以理应回馈你们。我会把这一路得到的“礼物”，返还给你们，让它圆满，让它成为一个能量环，如实如是地流淌。

这或许也是我为什么不喜欢写细节，只喜欢记录成长点的原因所在吧。这或许是我认识自己的一个成长点吧，把自己看得更加真切，从而更好地去了解自己，更好地做自己。

2019.2.2

成为

母亲其实是一个幸福的女人，但是她总在为我们操心，这可能是受外婆的影响吧，因为外婆就是这样一位贤惠的女子。

而婆婆是那种只要自己开心就好的人，谁对她好她都收下，虽然她对孩子们也是有求必应，但做完孩子们所求的事后其他的就不再管了。我最佩服她的一点就是：她懂得放手。当孩子对她好时，她感激，并不觉得这是理所应当的；当我和甄的关系越来越亲密时，她只是默默地微笑，并不觉得有人占有了她的儿子；当有人给小妹介绍对象时，她只是转达给小妹，并不过多干涉……她就是这样，不会太多地去管孩子的事情，只是安心、喜悦地让自己成为一个“孩子”。

其实母亲承受的心理压力并不比哥哥小，有时候我是多么希望母亲可以自私一点儿，少操心一点儿，这样她也会活得更加开心、更加舒心，也会让我更加放心。有时候我真希望母亲可以在我们面前撒撒娇，让我们来疼她爱她，知道她到底需要什么。

这是不是老天让我来这个家庭的原因之一呢？让我遇到婆婆，让我学会放手，学会及时地释放，学会欢喜地迎接，让我改变原生家庭的模式，同时吸取这两位妈妈身上的优点，从而让自己生活得更从容一些，更真实一些，更走心一些。

2019.2.4

共振

早上闭着眼睛听医学课程的时候，明显感受到了来自声音的那种轻微振动，我的身体也随之振动着。那一刻，忽然冒出一个想法，那就是：我们追求精益求精的生活的原因或许就是为了选择一个对身体好的，可以让我们身心愉悦的振动频率吧。因为这些外在的东西看似与我们无关，但是其实正在潜移默化地影响着我们的身心。这或许也可以解释为什么我们可以从一个人的外表和行为判断出他所处的环境，因为那是一种无形的渲染。

也是在明白这个道理之后，我开始知道为什么我那么想离开一个地方，也那么期待去一个地方。这跟我前面所写的“让人舒服的地方再远我们也想去，让人不舒服的地方再近也不想去”的道理是一样的。

其实道理就在这里，至于怎么生活，自己需要什么，怎样教育孩子等问题我们也都可以从中找到方向，那就是寻找你 / 孩子喜欢的，可以与之起舞的振动环境，给其身心所需要的，其他的问题也就迎刃而解了。感恩遇见，感恩感知。

喜欢某个地方，是因为那个地方的振动频率让自己舒适；喜欢某个人，是因为那个人所发出的振动频率与自己的契合……按照这个去寻找，才能更好地活出自己。

2019.5.12

愧对

看完电影《老师》后，我突然想到了老爸，于是在吃饭的时候给老爸打了个电话，想问问他吃饭没有。可是电话通了，我却一句话也没说出来，老爸在那头说："喂？怎么没有声音？"我所在的餐厅传来大家推杯换盏的喜悦声，这声音在平时是那么幸福，但在这个时候却像毒药一般，让我排斥。虽然理智告诉我，不能因为老爸病了就全家人苦着脸，日子还是要一点一点地过的，但是这边越欢快，我对老爸越愧疚。

我在婆家这边的生活很好，十年来，哥哥一直说："你把你的日子过好就行了。"而我也确实听话，确实是这么做的，也真的把自己的日子过好了。可是哥哥的日子呢？哥哥的理想呢？家里所有的担子他都自己扛了起来，还要时不时地顾及我这边，而他的压力、他的身体、他的白发，我却只是看着。以前母亲老是说，她不担心我，就担心我哥，我听了以后还吃哥哥的醋，但是现在我自己也开始为他担心了。

明天上午可以去上海陪伴父亲了，我想，今晚，从此时此刻开始，就自己在书房里待着吧。这一切只怪我没有平衡好吧：当初忽略了那边，顾及这边；现在又忽略这边，思念那边。让自己把这些年愧对他们的一次性地忏悔完。就这样，一个人在房间里哭个够吧，这样明天到父亲面前的时候，就只有欢乐，让这份欢乐围绕在父亲的周围吧，这样就能够让父亲在爱的怀抱里、在欢乐的怀抱里微笑。

2019.5.25

前往

小时候父亲是我们一家人的依靠，现在我们是他的依靠。去往上海的路上，我看着外面飞驰而过的风景，想着：与其如此浪费精力地流泪，不如留着精力去做眼前能做的事。于是，我擦干鼻子下面的鼻涕，给外面的风景，同时给自己一个大大的微笑，毕竟微笑可以带来好运。看着天空，期待着可以像那天一样看见彩虹。都会好起来的，我坚信。看到哥哥后，我终于松了一口气，我相信哥哥的感觉和我是相通的，因为父亲在我俩心中的地位同样重要，他就像是一个标杆，我们都希望看到标杆再次树立起来。那天我对甄说："如果……我担心自己失去活下去的勇气。"我说的是真心话，因为没有人可以代替父亲在我心中的位置。愿接下来的一切如愿，愿在端午节前，在两个孩子生日的那天，一家团聚。

生活又充满了动力和活力，一切都会过去，一切都只是一个流淌的过程而已，在这个过程中，别设置障碍，让其自然自由地流淌吧，因为那是最好的安排，至少是当下最好的安排。收起自己的情绪，进入学习的状态中吧，生活还需要继续。

2019.5.26

选择

这几天，发生了很多事情，原本以为日子过不下去，却发现一样是该吃饭吃饭，该睡觉睡觉，该看书看书。一切照旧，就好像父亲没有生病一样，就好像一切如初。原本以为考试考完了就解放了，可是发现不过是换一种方式填充时间而已。

上午有空，就把父亲和哥哥晚上住的酒店订好了。回到家后开始打扫卫生，想让家里清爽一些，这样家人看到也会开心一些。正忙着时，突然接到了父亲的电话，说伤口有点渗血。原本是打算明天到我所就职的医院帮父亲办理入院手续的，现在只能今天去办理了。我立马赶往酒店，想把订的房退掉。但酒店人员说已经过了退房时间，即使退了房，房费也是要扣的。

有点后悔自己那么早就去酒店订了房，但转念一想，其实所有的事情只是一个选择，当下的自己选的是 A 方案，那么就没有必要去懊悔自己没有选择B 方案，因为即使是当初选择了 B 方案，也保证不了现在的自己不会懊悔当初没有选 A 方案。看明白了，也就放开了自己，放开了原本打算自责的自己。就像是车子的导航一样，即便选择的路线不同，也还是会到达原本要去的目的地的，只是途经的风景和路线不同而已。

人生没有懊悔，没有假如，只有当下，当下的自己处于什么环境里，当下的自己可以在这条路上做什么，开心地绽放，释然地生活吧，无论在哪里，在什么路上。

2019.6.3

意义

朋友在朋友圈发了这样一段话：“……当关闭眼睛转向内在，你会发现创造的源头与生命的美妙……”并配了一张在祷告的图。

我看到之后立马回复“真好”，我说的是真心话，也是我自己的心声，因为我也想像她那样祈福，那样去探索生命的奥秘。但是现在，父亲还在住院，小鱼儿还在上学，这一切用哥哥的话说就是“看破了归看破了，但是该履行的义务和责任，还是要履行的”。

是的，看破不等于放下，不等于对什么都不管不顾。相反，或许正是由于看破了，才让自己可以很坦然地接受生活中的变数。就拿父亲生病这件事来说，虽然我的心里刚开始无法接受，各种担心，但十几天过去了，这些负面情绪和担心也一天天地慢慢浅淡了。我现在每天跟往常一样生活，唯一不同的是在上班之前或者下班之后去看看正在住院的父亲，带过去点食物或看一下他的状态，其余的事，一切照旧。

有一天看完父亲，与甄一起回家的路上，我对甄说：“如果没有这些事情支撑，没有活着，何谈生活呢？”这句话也让甄变得激动不已，重复地说“是的，没有活着，哪来的生活呢”，然后还开玩笑说这句话不错，可以让我写进书里。我微笑着默认了，没有活着的资本，谈什么生活和梦想呢？

好吧，一写东西就忘记下车了，我又坐过站了，就当是在上班之前给自己更多的时间向内看自己吧。昨晚得知执医的技能考试是这个月的 17 号，而今天是 6 号，在背书与写作之间徘徊后，我果断放下了手里的知识点笔记本，转而打开了手机的写作页面。因为写作就是回顾，就是对生活的回看，是在成长。我心里认定考试不是生活的目的，只是生活中的一个事件而已，它也是为成长服务的。

2019.6.6

种子

虽说 8 月中旬还有一场考试，但我这两天忙里偷闲给自己放了个假——不碰考试的书。原以为自己会兴奋不已，没想到心境却很平静，平静地看身边的人与事，平静地接待身边的人与事，任其自然流淌。对我而言，身边的那些人与事就像是在屏幕上播放着的电影一样，而我只是看电影的人，虽然其中的情节会让我开心、生气或消沉，但并不能真正地影响我，因为我的内心深处有一个坚定的“核”，有一个自始至终的使命，有一个明确的路线，从不偏移。

昨天，姐姐送给我一台手磨咖啡机和两盒咖啡豆，当天晚上我们一家子便开始热乎地弄了起来。今天早上，看到小鱼儿泡咖啡的照片后，我立马给姐姐发了过去，并配了一段文字：“早安，感恩姐姐把健康和喜悦的种子撒进我们的心里。”我是发自内心地感激，也发自内心地接纳，同时也懂得了原来真正的助人，是埋种子，只要种子埋进去了，那么待时机成熟它自会长成健康和喜悦之树。以后我也要这样做人做事。

身体是最好的实验场所，它会如实地告诉我们感受。只要我们用心去读、去觉察，就会明白其实身体时刻在通过感受与我们对话，就看我们能不能觉察到，能不能接收到，或者是重不重视罢了。

一首《在水一方》在耳边回荡，一颗透明清澈的心平和而安详，一张平静喜悦的脸如花朵一样在缓慢地绽放。

2019.6.18

提拉

存好心
说好话
做好事

迷茫压抑的时候
问问自己怎样可以让自己过得更好
自己想要过什么样的生活
然后朝它前行
实践出来
一点一滴地去做
就像是打理一个庭院一样
最终展现出来的
也就是当初心中的模样

脸黑
心不黑
脸老
心不老

2019.6.23

回眸

工作十年来，第一次在上班期间出现这种情况，全身无力、发酸发冷，紧接着干呕、大口喘气，好在碰到了同事，把我带到了急诊科。躺在床上输液，然后开始发热出大汗，体温一度升到了 40 摄氏度，身上的工作服也湿透了。吃完退烧药，等体温恢复到 37 摄氏度左右时，感觉自己有力气了，回家后没想到后半夜又开始发蒙，体温逐渐上升到了 38 摄氏度，只觉得自己全身发酸，嘴巴随着疼痛不自觉地小声哼唧着。等吃完退烧药，又开始出汗，三套睡衣都湿透了。原本想等到早上跟主任请假，没想到到了早上却一切正常。除了身体酸痛外，其他都还好。于是跟甄说我去上班了，顺便体检看看。

这次生病算是一次免疫力的提高吧，大家说可能是甲型流感，但前期症状像，后期症状又不像，而且我已经感觉没事了，就当是一次排毒吧，刚好清理一下身体。

感恩同事、家人、朋友在我无力时对我的照顾，感恩他们的关心，感觉有他们真好。这也再次坚定了我的信念，存好心，说好话，做好事。一点一滴去实践。

生病，是老天安排的一次回眸，让你看到自己的过去，纠正自己的过错，调出内在的感恩之心，指引自己未来的路。

2019.6.25

自滋

与小妹一起赶早班车上班，我们的手握在一起，那手温让我觉得很幸福。此刻我们一起坐在地铁里，她拿着手机背诵医院评三甲的资料，而我书写着内在流淌的瞬间感受。

早上八点半左右父亲就要做介入治疗了，医生让我在外面候着，我一直等到父亲出来。父亲今天上厕所会不太方便，需要家人的陪伴。白天的时候我每隔一小时过来一趟，甄下班后会过来陪一晚。医生说，父亲明天早上就可以自行活动了，之后再休养几天就可以回家了，这段时间老妈在家估计等着急了。

在这些事情刚来的时候，或者说还只是停留在计划阶段的时候，我对这些事有点抗拒，不想去弄这些，一想到未来心里会有一种“累”的感觉。可是当这些事情真的到来之后，我发现其实并没有自己当初想象中那么“累”，日子照样过得红红火火，该干什么还是干什么，该吃饭的时候去吃饭，该睡觉的时候去睡觉，该做事的时候去做事，仅此而已。

这就是生活的真相，往往让我们累的并不是事情本身，而是由这件事情所滋生出来的各种想法，我们是被这些想法所累。当一个人真的活在当下的时候，就会发现，无论何时何地何事，坦然地去做应该做的事情，用心把当下过好，其他的不想或者少想，一条自若的道路自会显现出来，生活自会自滋自养地延续着。

2019.7.2

柔软

父亲的介入治疗很成功地结束了，在与熊医生一起把父亲推回病房的那一刻，我似乎变得柔软了，这也是一种成长。

吃完午饭，我拿出之前送给父亲的折扇，帮他扇扇子，解解热。同时，还用父亲的手机播放着他熟悉的音乐，第一首就是《潇洒走一回》，听着歌声，父亲开始闭目养神。在微风和音乐的陪伴下，不知不觉中父亲已经鼾声如雷了，而坐在旁边的我欣慰地翘了一下嘴角。那一刻，我真的发现自己变了，变得柔软，变得珍惜当下，变得不仅不烦父亲，反而感恩父亲，感恩父亲给了我这个照顾他的机会。

2019.7.2

平衡

假如上午九点要考试，那么从早上起床洗漱吃早餐到乘车，我几乎都处于一种半睡眠的状态，但是一旦到了考场，精力开关就像是打开了，人一下子变得清醒了，且精神高度集中。

这也是我考试的一个诀窍，即平衡使用自己的精力。因为精力的总量是有限的，如果在无所谓的事情上消耗太多的精力，那么势必会在关键时刻在重要的事情上掉链子。

一直以来自己都是这样平衡的，但是最近需要调整一下，因为我的精力好像已经被耗尽了。最近几天甄晚上几点回的家我都不知道，我有时候会想，支持他体验不一样的岗位是否正确？毕竟会令他付出更多的精力和时间。不过从另一个层面上讲，正是因为他暂时顾及不到家庭，我自然而然地成了顶替他的人，有了成长的机会——他把位置让出来了，我自然就坐上了那个位子，承担起相应的责任与义务了。这也是最近精力透支的缘故吧。

其实家庭生活就是这样的，一个人在某方面做多了承担多了，其他人这方面的能力自然就会退化或者没有机会施展了。

最好的家庭状态是一起成长，相互承担，彼此扶持，平衡前行，承担太多与太少都是不好的，不利于家庭生活环境的稳定和谐，毕竟一个走得太快一个走得太慢，迟早会走散的。

2019.7.10

绘心

电影《彩绘心天地》里的女主角虽然行动不便，但是她心里清楚地知道自己要什么，在有限的空间里，用自己喜欢的方式度过了幸福的一生。每当看到一个人从事着自己喜欢的工作，发挥着自己的天性，获得一份简单的幸福时，我就会忍不住流泪。就像当初看《朗读者》这个节目一样，看到里面的人坚持着自己的理念，获得属于自己的幸福或者成就时，我的内在像是被打开了一样，泪流满面。

这两天的周末生活，让我感动，让我觉得自己很幸福，虽说是一大家子（公公、婆婆、父亲、老公、孩子和我）生活在一个 88 平方米的房子里，但是那种闲适的生活方式让人舒服自在极了：无论是周边优美的环境，还是餐桌上的咖啡、音响里的音乐、吊篮里的小鱼儿，都让我感到知足与幸福，感到了生活的真谛，同时希望未来的自己可以以这样的方式度过自己的一生。

2019.7.15

映射

一点一滴地去做吧，至于当前遇到的事情，喜欢也好不喜欢也好，有心理准备也好，没有心理准备也好（就像父亲突然生病一样），从中总会学会一些新的东西，总会带来一些成长的改变。

其实所谓的开悟和解脱就是“放手”和“不抓”，让生命朝着自己内在的蓝图去展开，回过头你就会发现原来如此简单。感恩内在的我了解我，知道自己不喜欢待在什么样的环境里，喜欢待在什么样的环境里，有一幅清晰的蓝图在脑海里呈现，这样的感觉真好。

我突然想，人生是不是就是一个见证的过程呢？见证脑海里的蓝图变成现实。然后在实现的那一刻，豁然开朗地说：“哦，原来生活是这么一回事呀！”多好呀，这样离开的时候，也会自在从容吧。

很多人选择回避死亡，可是我却选择直视死亡，并通过想象死亡的那一刻，来反观现在的生活，来反推现在应该做点儿什么，才能让自己在死亡来临的时候不留遗憾地离开。这样正着生活、反着指导的思维形式，在一些关键时候总能让我做出更加合乎内心的选择。

2019.7.16

美好

好想去做这样一件事情：用我的感知去感受生命的美，然后记录下这种美，从而让更多的人发现身边的美。

昨天，父亲与哥哥一起回合肥的家了。父亲走后，我一个人在细菌室干活的时候，不禁回想了一遍这段时间的事情：从5月底赶去上海与父亲和哥哥会合，到手术顺利完成，到父亲来宁波休养，再去上海复查，再到父亲来宁波做介入治疗，最后来我家休养。前面曾写道，觉得这段时光是艰难的、无法跨越的，但最终还是走过来了，而且结果还不错，我很满意。而且父亲在宁波的这段时间也算过得悠然自得，跟随着我们的生活习惯，也喜欢上了早上和下午偶尔泡一杯清咖。有时候习惯与环境就是这样潜移默化地影响一个人的吧。

再回过头去看这个过程，自己好像变得更智慧了一点儿，开始明白生活或许就是这样，在不经意间流淌着。这样的感受让我变得比之前更加从容。

感恩，最真心感恩的是哥哥，这段时间最累的就是哥哥，我的情绪也在哥哥这里得到了释放，只是不知道哥哥能否承受。昨天我还在回想，从小到大哥哥都是最疼我的人，他以我为荣，总是说“我妹妹怎么样”“我妹妹以后一定与别人不一样”，等等。我刚工作的时候，每次回家路过合肥，哥哥都准时在车站外面等候，最长的一次竟然与嫂子一起等了两个小时。有时候我也会反思自己，是不是自己的情商太低了，是不是太不重视情感了……最后，我在母亲那里找到了答案：我与母亲都是那种注重小家生活的人，或者说是关起门来过日子的女人。

2019.7.19

通透

在朋友圈看到朋友在山里疗养的照片，我回复了一句“活得通透”。或许是羡慕，或许是一到周一就习惯性低潮，我的心里又纠结了起来。想活得通透，但似乎没有活得通透的资本，但转念一想，活得通透需要资本吗？到底需要什么资本呢？

人生有限，一晃或许半截身子进黄土了，真心不想让自己的宝贵年华为生计发愁，总想静下心来做一件自己热爱的事。

一个人的时候，或者只有甄和小鱼儿的时候，我是自在的，周围的一切也似乎都是愉悦的，但人不是孤立的，总得做一些一个社会人要做的事情，而这势必要占用那些难得的休闲时光，所以夜幕降临的时候我总感觉有些疲惫和落寞。

生活其实是一地鸡毛，在这一地鸡毛里，拥有一双慧眼可以发现一个一个的闪光点，就像是从一地鸡毛里发现鸡蛋。努力让自己在生命旅程中独处的时间延长，让涉世时间缩短，用更多的时间和生命去窥见真相吧！

2019.7.22

落地

有时候觉得“傻傻”地做自己的事情的人是幸福的，能够把十年过成一天的人也是幸福的，对他们来说可能这十年就好像是一个点吧。这种看似默默无闻的人，反而是生活的真正智者，透过自己的世界，观外在的世界，然后一通百通，或许对我们普通人来说这才是一种落地的修行方式吧，也是最实在的修行方式。

下午看到科室里满头白发的扫地师傅，突然有些好奇，不知道他这样年纪的人，是怎么看待死亡和生命的呢？着实想问一下，但又开不了口，可能也是怕问过之后得到的回答是茫然的。

因为生活，不，应该说是为了生计，为了让自己有经济实力在这个世界上生存，从三十岁生日那天之后，我就一直处于波动期，处于对现在的工作麻木的状态。表面上看起来我在参加各种考试，想要有更好的发展，其实只是为了逃避现在的这个环境，而备考可以让我拥有一个相对单纯的环境。

遵循内在的真实感受，落地地、按照心的方向去行驶，期待开辟新环境的那一天。应该不远了，因为心里的那根弹簧，已经快被压缩到极致了，势必要朝相反的方向弹了。

2019.7.23

梦醒

想起小时候自己割猪菜、放牛时被牛咬住腾空、下雨天把伞弄坏了站在房子后面不敢回家、初中毕业去学校拿团员档案……种种情景，历历在目，似乎那个时候的自己并未远去，而是与现在的自己一直在一起。

感觉现在的我只是“她们”的叠加体。前天下午小鱼儿午睡之后，我一个人在客厅看书，只开了电扇。在我猛然抬头的那一刹那，感觉自己仿佛像小时候那样正一个人在老家客厅的餐桌上看书，这一刻仿佛是永恒的。

看似过完了，成长了，换了生存的地点和周边环境，但是似乎一直还是那个自己，没有变过，还是一模一样的，这让当下的我有点吃惊。是什么让这些一成不变的呢？如果想改变这个模式，需要做哪些准备呢？

看着一个个的自己，一幕幕的情景，忽然明白我在中间，不，应该说我是空的，周边环绕着每个时期的自己。有时候，我在想，可能我出生的时候，她们就已经存在了，然后这趟生命之旅只是让我明白另外一个空间的存在，让自己可以不断地穿越，就像是跳跃火圈一样。

这火圈就像是我们，当我们放空自己，就可以不被这熊熊烈火灼烧。这火圈亦像是我们人生的不同阶段，通过这道圈，去往下一段旅程，去往自己的归宿。这或许是换一个空间生活的意义所在吧。一切如梦初醒。

2019.7.29

穿梭

当我过完充实的早上，走在上班路上的时候，感觉每个时期每种状态的自己都在：有儿童时期的我、有少年时期的我、有青年时期的我、有喜悦的我、有迷茫的我、有呆板的我、有童真的我……忽然感觉我可以是任何一个时期的自己，处于任何一种状态，她们都在我的体内，我可以任意地选择和调用。

当我明白这一点的时候，我不再因为自己已经三十多岁而紧张，因为我可以任意地选择当下想做的自己。我拥有了一万种可能，不会再被年龄和环境所限制，三十多岁，也可以拥有三岁的童真与纯真。这种感觉，就好像以前我是被动地受年龄驱使着前行，现在则是我主动地在时间里遨游，每个时期的自己都在那个时间的通道里，我是自由的。

当我在时间上是自由的时候，空间也在相应发生变化，虽然此刻的我还没能感受到空间自由的状态，但是我想那个时刻就在那里，我迟早会抵达。我忽然有点儿窃喜，因为离我“从容地在这个世上生活”又进了一步，一大步。感恩和感激。

2019.7.30

跳出

人的情绪是容易受到外界的影响的。我曾反思，为什么自己的情绪在那时会低落，我认为是因为那个当下没按常理出牌，现实的情况在自己的幸福底线之下，于是感觉不到幸福。好一点儿的是淡定地看待，坏一点儿的是无法自控地把怒火烧向身边的人。

昨天上班的时候，看着外面的蓝天白云，我想，为什么人们喜欢看蓝天白云呢？因为人在抬头的那一刹那，是站在了另外一个高度去看身边的世界，思想层面有了短暂的提升，无形中对身边的人与事看得更清了，问题也得到了缓解，而当人们处于问题之中时是没有办法看清问题全貌的，更别说解决了，要想真正解决问题，就如郦波老师所说的那样：要么让自己提高一个纬度，要么让问题降低一个纬度，跳出去才能看清全貌。

在写这些的时候，我也在想：自己是否跳出了当下的处境。有时候也会自责，觉得自己因为追求内在，发展内在，对于外在的世界关注太少。这点也让我反思，自己是不是做错了？是不是要做出相应的改变适应这个世界呢？此刻，我的眼眶湿润了，我迷茫了：生存与追求是不是一件事呢？

去往我心之所向吧！去往那里，完成这一世的旅程吧！既然来了，就不要退缩了，假如不去心向往的地方，我想我是无法彻底地绽放的。如果真的只有一生一世，那么就更应该去；如果生命是永恒的，前往又有何惧呢？

2019.8.2

心与皮

照镜子似乎是我们人类的一种习惯，我们甚至会因为镜子里的皮相而开心或者难过。

早上起来，精神饱满地看书学习，准备早餐，但是当我梳头发的时候，看着镜子里皮肤有点儿发黄的脸，心中不禁微微地叹息了一声。吃完早餐走在上班的路上，迎面吹来了凉爽的风，我闭上双眼，张开双臂，透过皮肤去感受风的力量与柔和。当我再次睁开双眼的时候，嘴角上扬。此刻，不禁自问："是心决定皮相，还是皮相决定心呢？"早上时皮肤的状态短暂地决定了我的心，但此刻感知到心才是根本。

我们的皮肤，即使保养得再好，也会随着时间老化的。如果让它决定心情，那么心情势必每天都会陷入低潮，因为皮肤老化是必然的；反过来，如果我们在做好了皮肤的基本护理之后，用更多的时间来养护我们的心，让心保持年轻，不随着皮相的老化而老化，那么束缚我们的枷锁也会随之被打开，也许还能使皮肤变好。皮相其实是心的外在保护层，帮助心抵御环境的变化，看透了，我们就不会盲目地进入美容的行列，只需合理地为皮肤做好基本护理即可。

当心占据了主导地位，内在好了，外在的皮相自然不会太差。

2019.8.20

第三章 点滴

锦囊

都说一个好汉三个帮，其实这“三个”并不在别处，他们就在你的身边，就看你有没有一双慧眼发现他们。

这样去想的时候，我觉得自己很幸福，因为幸福一直就在我身边。这也让我觉得自己不再孤单，不再是一个人单打独斗，在日常生活里，看见大家时自然会很喜悦很友善，超过像哥哥所说的微笑和问候了。

其中还有一个玄妙之处，就是，一旦内心认同了对方是自己的智囊团，就会产生一种亲密感，一种由内而外散发出来的亲和力，这种状态同样也会让我们的关系变得更加亲密，从而变成一种良性的循环。

要想一个人的行为改变，得先去改变他的心、他的看法，只有这样，外在才会发生相应的改变。

一切真理，就在这里，双手握无限，刹那是永恒。对于“刹那是永恒”，今天我的感觉很强烈，当我内在改变了之后，眼前忽然一片光明，忽然和谁都能聊几句，忽然无形中跨越了世世代代上演的家庭关系中复杂难解的问题。

当我从这个泥潭里走出来的时候，我一身轻松，向着阳光微笑，知道自己要学的还有很多很多，更知道自己最终会跨越这些的，跨过人世间作为人的种种障碍。所谓的修得正果，对我而言，就是真正放下，从骨子里放下，也真正明白自己手里的底牌，真正地从容游世。

精神

跨越，其实就是成长，然而成长，却只是一种跨越的形式而已。有此有彼，无此无彼。心很静，那种感觉让人如饮甘露。“我是谁”这个问题，忽然有答案了。我就是我，不一样的我，一切优缺点的集合体，因为有它们，所以有我；假如没有它们，何来的我？

当我们站在高处时，会发现世界如此和谐安宁，如此美丽，心中涌出感激之情，会爱上这个世界。可是，为什么当我们站在低处时，我们会忘记这些美好呢？是所处的高度太低了吗？所以看不见全貌，看见的只是放大的局部，然后在那放大的局部里，了却此生。

越是有成就的人为什么越懂得心怀感恩呢？因为他们懂得这些道理，他们即便处于低处，但他们的思想也能站在高处，他们观看过全貌，知道所以然，所以可以从容过此生。这也正是我所追求的境界。

下午闲来无事，与朱一起去1844艺术生活中心的书店看书喝茶。从书店里出来后，上地铁前给甄发了条短信：“精神食粮吃饱了，回来了。”我说的是事实，是真实的感受，人就是这样，无论是物质食粮还是精神食粮，都是需要摄入的，把握好两者之间的平衡，才是完美的人生，才可以让自己心平气和地活于当下。两者一个是肉体，另一个是精神，偏于任何一方都会失衡，最好的状态莫过于，用物质食粮养身体，用精神食粮养灵魂，好的身体为追求精神提供基础，好的精神为生存提供方向。

2019.2.15

成功

昨天在书店喝茶的时候，看到店里挂着很多干花，于是咨询老板干花是怎么制成的。老板说把鲜花倒挂两周，注意空气里的湿度即可。回到家时，刚好甄把订的三束新花带回来了，于是我把家里的老花换了下来，并倒挂起来准备制成干花，以前这些花基本上都是扔掉的。

晚上躺在床上，我突然想到自己一直希望拥有一所带花园的房子，优雅温馨，一直期待有朝一日自己可以拥有，然而这一刻，忽然觉得为什么要等到以后呢？现在就可以一步一步慢慢地把自己的书房打造成花园房啊！再把“花园”慢慢地扩大到整个家就好，不用等到有了院子再去做。

而且反过来想，如果现在连把这个小家打造成花园房的能力都没有，那么怎么能够确定自己以后会有能力打理一个花园呢？这是不是就是我们常说的“一屋不扫何以扫天下”呢？

当我这样想的时候，我不禁开始思考，下一次制作干花的话，挂在哪里呢？最后我想到书房里有一面墙是空的，可以用来挂干花。想完整个人都变得兴奋起来，我相信自己一定能够很好地完成它的。

其实所有的想法，就是这样想一步做一步，一步一步做。这才是梦想成真的真正过程，一下子就得到全部几乎是不可能的，等一切都准备好了再开始或许就晚了，要及早着手，一点一点去实现。或许是因为昨天做了美好的事吧，早上起来，心里也美美的，带着小鱼儿吃美食逛超市，即使是在小鱼儿要赖想要玩具的时候，我都是笑眯眯的，内心一片喜悦。这样的感觉、这样的状态，真好。

2019.2.16

清单

刚在朋友圈看到燕子发的有关写遗愿清单的想法："写下自己的遗愿清单后，仿佛生命的轨迹更清晰了一些。当死亡无须再隐晦，而将以积极准备的态度去迎接时，此刻活着的每一个当下就弥足珍贵。嗯，就用大写的'爱'来书写余生吧。"

我也忽然想写一个自己的遗愿清单，如今的我已三十三岁了，这个数字让我很惊讶。都说三十岁是人生的分水岭，未来的人生也主要是看这段时间有没有把握住。很庆幸自己在三十五岁之前，开始列自己的遗愿清单，我想，等这篇文章写完，我的人生就会更加清晰了吧，也会更加珍惜以后的时光。

归根结底，做这一切不是为了抓住，而是为了放下，体验放下才是列这个清单的最终目的。一切的一切只是为了给自己一个定位，未来始于定位。写到这里，忽然不知道我写的到底是遗愿清单，还是对未来生活的向往。真好，爱生活的我真好，喜欢这样 love life 的我，时刻都充满微笑，内心一片喜悦。

下班了，走在路上，内心莫名开心，莫名地想笑，就像是被喜悦之球撞上了似的。真好，爱你，生活。不知道为什么会莫名这样，一个人坐在地铁里，还在傻笑。其实现实里并没有遇到什么开心的事呀，当然，也并没有什么不开心的事，唯一的解释就是，我重生了，我再一次活过来了，我的心活了。因为活了，所以内在喜悦了。

此时此刻，再让我去看身边的人、身边的事、身边的风景等，一切的一切都是那样美好。是因为我爱上了制作干花吗？还是因为我找到了生活的本质，爱上了喜欢做美好之事的自己呢？最深的喜悦。

2019.2.17

Love Life

你最后想用钱换到的那些东西，说不定不用那么多钱就能得到。

是啊，我们苦苦追寻的东西，其实就在我们身边，唾手可得，只要你足够有心。最近我爱上了制作干花，刚开始只是好奇，然后是喜欢，现在则有些入迷，即便一片花瓣、一片绿叶，都舍不得扔掉，都想把它们制作成干花、干叶。无形中，对身边的瓶瓶罐罐等怜惜了起来，舍不得处理，日后说不定可以做成盛花的艺术品。

正如前几天所写的那样，发现自己想要的生活，在现在这个环境里，在现在这个小房子里就可以实现，就可以打造，不需要苦苦地等到某一天拥有一个带院子的房子再开始，那时候只是现在生活的扩大版罢了。

如果现在活不出那种感觉，那么未来即使有了院子也活不出那种感觉；如果现在就活出了那种感觉，那么未来有没有院子又怎样呢？那个院子已经深深地长在了我的心里，正在从我的心里蔓延出来，扩散到我周边的环境里，潜移默化悄无声息地实现着我的梦。

最近我为什么会无缘无故开心，无缘无故欢欣雀跃——是心被滋养之后的结果，是心中之蜜自动释放的结果，让我可以跨越生活中的琐碎之事、烦恼之事，微笑地面对生活，真正做到 love life。

2019.2.18

或许

不知道为什么，最近不怎么想去妙的店里坐了。以前，一旦我的内心被扰乱，就会想去她那里坐一坐，静一静，喝一喝茶，然后就像是充满电一样微笑着回到原来的生活里。

或许是因为我现在在家里，几乎每天都在喝茶、养花，已经有了一个安放心灵的地方了，所以不太想往外走了；或许是因为我现在可以调节自己了，已经越过了一个坎，正在追求更好的生活的路上；或许我喜新厌旧，当那里不能再给我带来安宁，当有一个更好的地方可以让我静静地看书喝茶的时候，我就懒得再特意跑那么远去她那里了……

第三点看起来是那样的真实，以至于我为自己这真实的想法感到惭愧。看着外面的雨点打在地面上，我忽然想通了，或许是在那里已经学到了自己要学的，所以就不再想过去了吧。或许这才是核心所在。感恩和感激。

其实，友情人人都有，有些人会随着自己的成长，不停地结交新的朋友；有些人即使走到天涯，心里还是只有那么几个人；还有的人随着自己的成长结交一些与自己更契合的新朋友，同时也不会忘了老朋友。

在我们的生命中不停地有新的人加入，也不断地有老的人退出。一切都是那样刚刚好，刚刚到把你所能给出的时间和空间填满，不多一分，不少一分，一直都是那样的圆满，这个圆始终都是一个圆，能量始终都是守恒的，这样才有一个活生生的你出现。就看你有没有发觉而已。

当然，偶尔或许会失衡，那也是身心问题之所在了。所以说最好的养生和养身，就是让身和心处于平衡的状态，处于守恒的状态，处于刚刚好的状态。

2019.2.18

气和

昨晚看着甄和小鱼儿在客厅的垫子上拼玩具，我坐在餐桌旁泡脚，那一刻“心平气和”这个词语忽然进入了我的大脑。

于是我一个人在那里慢慢地咀嚼：心平了气就和了，要想气和首先要让自己心平，心平治本。我这样想着，微笑了起来，觉得中国的文化真是博大精深，这些道理古人早已经摸索出来告诉我们了，只是我们没有好好体会它们而已。

此刻，就像是自己开启了一扇智慧之门，明白了让自己活得更好的法宝。人，要活，首先得有气；人，要活好，首先要气和；人，要气和，首先要心平。心平如镜，照射出来的就是真相，也就是行直心。让自己的心处于平和的状态，才是我们人最应该追求的状态，才是真正让我们长寿的方法。

静静地闭上双眼，让身体从上到下随着呼气沉静下来，让心也平静下来。

2019.2.24

感动自己

最近很喜欢回忆，常常回忆过往那些让自己感动的片段。刚刚忽然反应过来，所有这些让我翻来覆去回想的时刻，都是自己感动自己的时刻，要么是当时的表现感动了自己，要么是当时自己的眼神感动了自己……只因感动了自己，所以这些片段常常被想起，到头来我发现，我只是爱自己，爱那个状态的自己。

这也让我想起一个现象，那就是情侣们喜欢跟自己相似的对象谈恋爱，你如果去大马路上观察那些牵手的情侣们，就会发现他们大部分人是如此的相似。也就是说其实大家在选择情侣的时候，基本上还是选择跟自己像的，因为看自己最顺眼吧。当然，也有特别不像的。

2019.2.26

回归

外面下着春雨，我坐在书房的榻榻米上看书，甄带小鱼儿去超市买菜了，公公在自己的房间里看电视。看书之余，我抬头看了看落地窗外的风景，一片清新。那一刻蹦进我大脑里的词语是“归来”。

这个归来，跟之前的归来有所不同，因为这个归来是我经历了很多之后的归来，或者说是我出去走了一大圈，然后回到了原来居住的地方，接着按照以前的模式和心境在生活，对于外面的世界不再那样渴求。

为什么说是归来呢，因为之前的我像是一个调皮的孩子，贪玩迷路了，经过了一片森林，穿过了一条长长的漆黑隧道，现在终于又回家了，那种随时能够体会到当下幸福的感觉，那种随时心内满满的幸福的感觉，又“归来”了。

回到正题，昨天下午我把当天所需要学习的内容都学习完了，便开始打扫卫生，随后整理客厅的三脚架，并把餐桌布放进洗衣机里清洗。甄和小鱼儿回来后，小鱼儿跟着我用吸尘器打扫，甄做晚餐，天猫精灵里播放着轻音乐，幸福的感觉在那一刻油然而生，真好。

吃完晚饭，甄带着小鱼儿去超市买之前答应要给他买的玩具火车，而我在家里看书、按摩、洗澡。等他们回来之后，甄给小鱼儿洗澡，我开始叠衣服，边叠边听轻音乐，很美妙。然后我和甄一起在卧室给小鱼儿穿衣，陪小鱼儿看书——其实是各看各的书，只是会偶尔相互交流一下。当规定的睡觉时间到了之后，我带着小鱼儿去睡觉，甄开始洗漱。完美的一天就这样结束了。带着甜甜的笑容进入了梦乡。

这种日常生活里的幸福归来了。

2019.3.1

一生

昨晚在小弟家吃完饭，回到家倒头就睡了，一觉醒来已经是早上五点多了，连忙起来学习，然后在六点四十左右出门。公交车每天七点零五分才到小区门口，这样我就还有大概 20 分钟的时间可以在小区里散散步。在小区里面走时，每走一步我都会有意进行深呼吸，好把自己的嗓子清一清，把自己的肺养一养。或许是天气的原因，也或许是我制作的干花还没有干透，屋子里有点霉味，导致我的嗓子这几天有些发痒咳嗽。

此时，小区还处于睡眠中，路上几乎没有人，我一个人走在路上，手里拿着一把伞，与伞一起翩翩起舞。这一刻，我热爱这个世界，感恩这清新的空气。

早起的感觉真好，就像是看到了世界的婴儿状态一样，是的，婴儿状态。这个比喻太赞了，让我自己都佩服自己，此时的世界正如一个婴儿——那么的柔软、湿润、水灵灵的。相比之下，傍晚就有点像晚年状态了，夜晚则是死亡状态。这样来看，人的一生与大自然的一天其实是吻合的，或者说大自然早就把这些人生哲理通过自然现象告知我们了，就看我们能不能读懂，能不能看到，能不能识别了。

2019.3.6

“赚”

为什么我想去某个地方呢，因为那里有我想学习的东西，学习怎样更好地生活，怎样智慧地看待生活里的事。坦白说，就是我觉得去那里很“赚”，有了赚的思想，才有了后面的想，最后才有后面的行动。

这个“赚”的思想，还可以用在其他方面，比如此刻我的写作，为什么我可以每天坚持在地铁里写作呢？因为写作这件事让我觉得自己在成长，能让我在日常生活中看到智慧。简单来说，就是写作让我觉得自己“赚”了。每当写出一篇好的文章，就会让我这一天都充满活力，这些间接地给了我自信，还让我看到了自己的意志力，让自己在处理其他事情方面更加自信。

从这个角度看，其实“赚”的思想，让我们更容易去坚持这件事情。

2019.3.12

家务

这两天夜休在家，加上阳光正好，暖洋洋的，人的心情也变得格外好。学习之余，把家里的被子洗洗晒晒，打扫打扫卫生等，劳逸结合正好。昨天下午接小鱼儿放学的时候，听到手机里播放着“乡村音乐”，在那一刻，感受到了生命的美好，这样的生活太美好了。

此刻听着音乐，听着窗外的鸟叫声，坐在主卧的落地窗前，脸上贴着面膜，晒着太阳，甚是惬意。上午拿着一个瑜伽垫在游泳池旁边躺着，边晒太阳边学习，人在享受的环境里更容易坚持。

干家务活的时候，听着音乐，通过自己的双手让家更美好，这是一件令人很愉悦的事情，我想，此刻内外同时被滋养到了吧。鉴于此，建议大家让自己的家庭成员也参与到家务活动中，找到其中的乐趣。

2019.3.13

中年

最近经常接触到有关中年的话题，听的也多是一个人到中年的无奈。人到中年，上有老下有小，事业往往也到了瓶颈期，没有多大的进展，对此，身处其中的人往往是一声叹息。

其实，我自己也到了这样的一个阶段，前段时间还曾在梦想和现实之间徘徊。

但我后来明白，那些无用的争辩毫无意义，反而是踏实过日子最重要，若能养成良好的生活习惯，好好陪伴家人，养育一个出色的孩子，也算是另一种人生的成功。

就这样安静地生活，无形中活出了自己，无意中成就了自己。这才是一个中年人的美好状态。

2019.3.20

无用

一场自我思想斗争终于尘埃落定了，回过头来，发现没啥事，一切都不是事，今天的我依然要起床、吃饭、工作，过自己的生活，一切思绪没有对我的生活造成什么实质性的改变，也没有对他人的生活造成什么影响，要说跟之前有什么不同，那就是让甄与我之间的连接更加紧密了，更紧地绑在一起了。或许还带来了一点点生活的正能量，一点点的思考吧，这样足矣。

这就是我们的思绪，飘过之后，一切照旧，看似很重要，其实是无用的，只是填满了那段时间——我们的时间，侵占了我们的精力而已。想到就去做，跟着自己的心走，其他的抛于脑后吧，体验过了经历过了就等于赚到了。

2019.4.5

安放

有一种想念说不出口，只是默默地思念对方，不知道说什么，只是自己内心的一种驱动，体内的一股能量在流淌而已，不知道是否可以流淌到对方那里，双方是否可以相互感应，按理说是可以的吧，因为能量是守恒的，相互滋养吧。

我们每个人都有无数的情感——亲情、友情、爱情等，每一份感情出去，都有一个相应的对象等着接受，都有一个可以安放的地方。如果一个人的情感没有地方安放，或者说没有找到恰当的安放对象，那么他的这份情感就会转移，转移到身边能够寄托这份感情的动物或者植物身上。说白了，最后也还是会有一个安放处的，只是有的是正反馈、有的是负反馈、有的是不反馈而已。

所以当有一个人接纳了你的情感，那是幸运的一件事情，如果接受方同时也是释放方，两个人可以相互安放对方的情感，那就是最好的状态了。

想，想念，轻轻地放在心底，滋养自己，让自己知道自己的情感有了一个安放处。

2019.4.11

栖息地

手边的这本书是蕾拉小姐写的《只有时间知道》，主要是记录她一路旅行的时光。看到她潜水的那一章时，我震惊了，眼眶湿润了，似乎是找到了同道之人，似乎是唤醒了自己内在被生活压抑很久的能量或者说愿望。

写作或许是我与自己的心待在一起的、最简单的方式吧，在我短时间内还没有能力的时候，写作给了我一扇看外面的世界的窗户，让我知道，一旦自己的能力够了，我要怎样去生活，我还可以怎样生活。这样的窗户，给了我对抗当下生活的力量，给了我前进的动力，似乎一切只是为了那个未来的尝试。

刚接到甄的电话，小鱼儿快下课了，这也意味着属于我自己的时光要暂时结束了，我需要回到日常的生活里去完成一个母亲的责任，去完成一个妻子的责任。这些是我没有办法割舍的，是我前进的动力，同时也是我前进的阻力，而我能做到的就是在动力与阻力之间找到一个平衡点，让我可以同时兼顾到家庭和梦想，既活在当下也活在未来，既可以看着脚下的生活也可以仰望星空。我想平衡或许才是我真正需要修炼的，是我真正要去往的地方，是我内心真正向往的心的栖息地。

2019.4.13

遇见

很多孩子之所以不能接受父母生二胎，或许是跟我一样吧，都是因为对爱的恐惧，一种担心爱会流逝的恐惧。其实父母只需要让孩子感受到父母对他一如既往的爱，慢慢地，随着时间积累，他心中的恐惧就会消除，真正地接纳自己的弟弟或者妹妹，接纳这个有了新成员的家，也会自然而然对家有一种新的定义。

什么都在变化，但是要让自己知道，无论外界如何变化，我们所获得的爱的总量从没有变过，最多只是分布在了不同的地方、不同的人身上而已，所以要敞开，接纳一切改变。因为改变是常态，就连我们身体的细胞都时刻在变化着更新着。人与人的关系也是一样的，需要时刻更新，从而适应新的关系网。

没有恐惧，更没有抗拒，从心底接纳才是唯一的出路，也是最高级的出路。有些存在一直都在，只是我们始终不愿意直面而已，就像所有的欢聚，终会离别一样，在聚的那一刻便已经开始了离的倒计时，只是我们过于沉浸在聚的欢乐里，听不见离别的脚步声而已。

2019.4.23

展望

或许人活着的意义就在于此，就在于去揭开一个一个的展望，去实现一个一个的展望，然后把这些展望连成线，这就是我们的人生了。一切的意义就在于此，一切的喜怒哀乐也止于此，一切的成长也源于此。那个“道生一,一生二,二生三,三生万物”的“道”也在这里面。

看破，活过。生命无常，明天和意外不知道哪一个先到，正因为如此，才更需要“展望”。通过展望给自己活下去的理由和动力，给自己力量，让自己知道有一份美好一直都在那里等待自己，用这份美好让自己活出无数的美好，从而抵达梦的尽头。

2019.4.24

高度

此刻坐在飞机里，我清楚地知道自己没有办法虚度光阴，知道自己心的归宿所在，或许在处理这个任务的过程中，答案已经浮出水面了。

做一个简洁不打扰他人的人，做一个把时间和精力用在重要事情上的人，不再碌碌无为，而是充实地不回头地过好当下的每一天。在每一段等待的时光里，思考接下来自己要做什么事，什么事情需要提前处理好。

窗外飘浮的白云，让我想起了第一次在黄山上看到云海时激动不已的情景。此刻的我终于明白，原来云海一直都在，当你达到一定高度的时候，每天都能看到云海，只是低头赶路的人们看不见而已，但看不见不等于不存在。所以提高自己的高度才是成长的真正目的或者说途径，只有这样才可以看见不一样的风景。

同一时间，只因高度不同，有人看到的是地面，有人看到的是花草，有人看到的是大树，有人看到的是屋顶，有人看到的是整个小区，有人看到的是整个城市，有人看到的是整个国家，有人看到的是整个地球，有人看到的是整个宇宙……就看自己处于哪个高度而已，高度不同，风景不同，心自然不同。

2019.4.28

眷顾

此刻我的内心像吃了蜜一样甜，脸上的表情不用照镜子我也知道是慈爱的温和的，跟人说话时也都是轻声细语的，这样的状态源于生命的眷顾，源于大家对我的厚爱，一切都是刚刚好，身边的一切似乎是有一双手帮我安排好了一样，扫清了我的一切顾虑，让我可以勇往直前地去完成心中的目标。

心里美美的，感恩着这一切，遇见谁都是笑脸，心里像是开花了一样，这样的感觉和状态真好，也让我对自己的小目标更加充满信心。感恩你以及你们，感恩一切缘。考试、考核、工作、家庭、孩子的语言培养、与人的交际都是那样完美，再次感恩这一切美好。

当你从眷顾的角度去看自己的生活的时候，你会发现，一切衔接得那样紧凑那样自然那样合心意。当你时时刻刻都可以这样去看生活的时候，就像是窥见了宇宙的秘密一样，可以在这个世界上自由翱翔，生活也会像你期待的那样一步步向你走来。你越实践就会越认可这个真理，越认可就会越欢喜，越欢喜就会越自由，生命的美好也就在这些里面自然地展开着。

来到你身边的，给到你的，一定是你当下最需要的。请你相信，未来会给你答案——如果你以后回看的话，会发现其实当下已经给你答案了，只是一直处于赶路的你没有发现而已，没有觉察到而已。

感恩手头这本书来到我的身边，在我需要方向的时候，给了我更准确的方向，更高的理想，同时让我在教育小鱼儿的事情上更加有底气。

2019.5.5

本原

每当累了，就想回家，回到母亲怀抱里，彻底放松自己，抛开外界的一切，安心地在母亲温暖柔软的怀抱里荡漾。真好，就这样静静地待一会儿吧，就这样在母亲的怀抱里修复疲惫的自己吧。无论你是谁，都请回到最原始最初最纯真的自己吧，因为那里才是真正的源头，那里才是我们力量的源泉，是我们的出发点和终点。每个人来到人间走一趟，一切都不会变，变的只是内在的那个认知而已，看到了本原也就无所畏惧了。

就让我们这样全身心放松地荡漾一会儿吧，就一会儿你就会进入深度的睡眠中，深度修复，重新排列，重新组合，当你醒来，已是一个新的自己。活在时间里的我、我们，活在世界外的我、我们，活在心里的我、我们，活在眷顾下的我、我们……憋住一口气，直到活出自己，就可以真正地放手离开这个世界了。

仰望着天空，看着归路，我一下子释然了。迟早都要回去的，何必急这一时呢，让自己更加安心地做好当下的自己，完成当下的自己被命运赋予的使命，完成使命，回家，回到那个永远的怀抱里，去做一个更高级更自由的自己。

“晚上想吃啥？”

“鲫鱼豆腐汤。”

“好的。”

立马再次充满活力地起步。

2019.5.6

拥抱

想要拥抱身边的每一个人，这样的感觉强烈，但又因为自己不敢去拥抱，不敢完全敞开自己去拥抱他人，以至于此刻的我都要流泪了，自己的内心是清楚自己想拥抱的，或许是想从对方那里得到温存和保护，也可能是想给予，给予别人爱和关怀，就像母亲拥抱孩子一样。

真想拥抱个够，把所有的隔阂和分歧都融化，把每一个人的心都融化，让每个人变得柔软、温柔。可是条条框框限制了自己，绊住了自己，期待有一天我能放飞自己，自由翱翔，期待那一天的到来，期待我们每个人之间可以大方地拥抱，大方地关爱彼此。

爱，这个永恒的话题呀，这个永恒的目标呀，你将我埋葬，你将我淹没，拥抱你是让这个世界更加美好的唯一途径，通过你拥抱别人将是这个时代特殊的长寿秘诀。我知便做，我做便获，我获便感，我感便明，我明便生。

真好，让我拥抱个够，用自己的心去碰撞对方的心，心与心之间直接连接、直接交流，这样融合融洽的感觉真好，这是另一种形式的生命共同体，或者这才是真正的生命共同体。爱你，拥抱你，足矣。

2019.5.6

抬头

焦虑、空虚、孤独，似乎成了这个时代的代名词，但是为什么焦虑，为什么空虚，为什么孤独，自己有没有考虑过呢？对自己有没有一个清醒的认知呢？如果没有，那不妨停下赶路的脚步，让自己在当下好好地找一找。就像现在流行在上大学之前，先给自己一年的时间去寻找自我，去探索，去实践，去生活，然后再去学校报到，有这样的经历后，学生在大学里会更加充实，更清楚自己努力的方向，更明白自己要成为一个什么样的人。

这很重要。现在的人年纪轻轻就会有焦虑、孤独、空虚，或许是因为太赶了，真的太赶了——从幼儿园开始，到小学、中学、大学、毕业、结婚生子，一路都在赶。就像是在完成任务一样，机械地完成，机械地在一个地方工作到老。

如果可以让自己慢下来，抬头看看天空，抬脚踏踏地面，收心看向自己，或许整个人生会因此不一样——每个人都有自己心中的目标，知道自己将要成为什么样的人，知道自己的兴趣爱好到底是什么，可以清晰地看见未来的那个自己，可以朝着那个终点优雅地走去，可以从内心开出一朵牡丹花，可以珍惜每一天的人与事，可以心中有大海、有四季、有自己的小世界，可以将自己的小世界与这个大世界完美地结合，并实现自己想要的，可以欢喜地走完这一生，这时候哪里还有时间和精力焦虑、空虚和孤独呢？时间只够用来活出自己、提升自己。

2019.5.8

心念

“一笑释然”的“笑”看似是回应给对方的，其实更多的是回应给自己的，以微笑给自己这一路以来的经历画一个句号，让自己知道自己已经成长了。就像那天甄给我拍完照片，我开玩笑地说：“怎么感觉现在的自己比以前更好看了？”甄说：“是的，更有气质，更有韵味。”或许这就是成长带来的吧。

一种种行为，一件件事情，一句句话语，一个个念头，造就了现在的自己，同时，此刻的自己也正在照射出那个未来的自己。

想念思念都是心念，心才是一切最终的归宿，才是成长最明显的见证者，才是万事万物的起点。

2019.5.8

回看

昨天的高潮，今天的低潮，其实都只是生命的一种状态而已，是我们的内在所进行的一种自我平衡，因为只有这样生命才能持续地向前，若一直强行让自己保持在某一种状态，就会提前到达生命的尽头，因为细水才可以长流，才可以不紧不慢地到达自己真正想要去往的地方。

回过头看自己，多了生命的触角，多了思考和看待问题的角度，思维也变得更加细密，这或许就是一种提升吧，从粗糙到细密的转变，只是这个转变只有自己可以看到和感知到，外人没有办法知道。

就像当下，身边的同事们各自沉浸在游戏里，没有人会觉察到我的变化，更没有人知道我又多了一个神经传导的触角，这也更加说明成长是自己的事。当然，如果可以顺路带上他人，那就更好了，这或许也是我写作的初衷吧。当然，更主要的是，通过写作我看清了自己，我是第一个自己成长的见证者。

这次的回看到这里该告一段落了，该回到练就我的生活场上去了，就这样边练边记录边成长吧。

在我停止回看，准备去工作的时候，我忽然反应过来，写作之所以助我成长，是因为写作就像是在做一个织网的工作，无形中让我把生活里的所见所闻所感连接了起来，形成了一个属于自己的独特的认知网络，再带着这个认知网络在现实生活里去实践印证，反过来又促进这个网络变得更加完善，如此循环下去，直到生命的终点，微笑以对。

2019.5.9

空间

邻居家孩子要上小学了，于是邻居特意清理出了一个小房间。有一天我去她家看到那间空空的房间，不禁欣喜若狂，感觉有一万种可能将会在这个房间里产生，这种不确定性让我欢喜，让我遐想，让我的思维活跃着。

但是昨天我去他家的时候，发现房间里除了书桌之外，只放了一个简单的柜子，上面摆满了孩子的玩具。那一刻，我的心凉了下来，感觉美好被破坏了，感觉这个房间其实可以布置得更好，然而现在的摆设就像是给这个空间定格了一样，它的其他可能性消失了。这让我想起来乔布斯的禅坐式决策（在空荡荡的房间中，席地而坐，专注冥想），道理或许是一样的吧。

2019.5.10

白发

再次在头上发现了白发，或许是因为染发的原因吧，半年没见到的白发，今日再次出现了。是甄发现的，当时我正在看书，他说："你头上有根白发。"他随手帮我拔了，我也就没有放在心上。后来，当我上厕所洗手的时候，发现右侧前额还有几根白头发，不禁有一点伤感。当甄来书店接我回家的时候，我说还有两根，于是甄再次帮我拔了。我对甄说："你成功地见证了一个女孩变老。"甄说这只是生命的过程而已。

在与母亲视频的时候，我的眼眶湿润了，那一刻我很想她，想回到她的怀里。我说我也有白头发了，看得出来母亲也有些伤感，但她只是说这很正常，现在很多年轻人都有白头发。挂完电话之后，我一把抱住了甄，眼眶再次湿润了。甄问：“妈说什么了？”我说：“没什么，你会陪我变老吗？”甄说：“我会一直陪你，直到头发花白。”甄骑着电瓶车，我坐在后面，靠在他身上，心里想，发现自己在老去，这其实是多么滑稽的一个游戏呀！所以呀，别动不动就挑战生命意义什么的，好好地过好当下的生活吧，因为生命真的经不起折腾。

我说我看得很透，是真的，正是因为看透了，所以才更加懂得珍惜，才能够更加明确地朝着自己的梦想前行。因为即使我现在不朝梦想前行，也一样会变老，或许还会因为生计提前变老，所以白发和变老并不是阻止我前行的因素，相反，它们只会激励我活得更加从心一点。感恩和感激，让我在母亲节这天发现白发，促使我未来的每一步路走得更加从心。好了，到此为止，接着去生活了。

2019.5.12

旋涡

此刻我正在赶去杭州考试的路上，虽然时间很紧，但还是想简单地记录点儿什么，因为我怕此刻不记录，以后会不会忘了这段时光，会不会什么也没有留下。

父亲已经确诊了恶性肿瘤，在多方咨询后，我们准备周三带他赶往上海市肿瘤医院医治，毕竟那里是这方面的权威。父亲喜欢命理，总说自己最近运气不好，不宜走动。可是总不能什么也不做吧，还是要做点什么吧，否则怎么能心安呢？

本来就向往自由的我，此刻更加向往，总是在想值得与不值得的事情。其实我心疼哥哥，真心疼，可是又没有办法去说服他，我们所处的生存环境不同，处事的方式也必然会不同。哥哥处事较为激进，而我则较为含蓄。昨晚讨论带父亲去上海的事情时，听得出来哥哥有些疲惫，连连叹气，这让电话这头的我很难过，在想自己是不是做得不够好，这些事情自己定下来好了，为什么要请示他呢。

生活就应该是这样吧，事情要一件一件地做，日子要一天一天地过，无论发生什么该吃饭的时候还是要好好吃饭，该睡觉的时候还是要好好睡觉，有精力了，才能更好地处理事情。

一直是看着自己生命的终点去生活，一直不想让未来的自己后悔，这或许也是我考虑问题的最基本核心。如果一件事情违背了这两条，那么就不值得去做，如果一件事情遵循了这两条，那么就可以去做。

每个人似乎都明白生命的本质，可是在这个旋涡里的人们似乎又总会忘记这些最基本的真理，无意识地被生活推着在旋涡里打滚儿，在旋涡里摸爬滚打，到头来还是两手空空地去。

2019.5.19

螺旋

在日复一日的重复里，我也在螺旋式成长。这次考试时，我异常平静，不急不躁一点一点地分析，掐着点儿做完题目，涂完答题卡，剩下一刻钟冥想放空自己。这样的状态与之前模拟考试时完全不一样，感觉更像是自娱自乐而已。

这场考试之后，整个人都变得自信了，本来前天模拟考试的时候我还想放弃，可是今天连走路都带劲了，对接下来的两场考试也更加自信了，感觉开了一个好头。

所以在路上的时候，头脑里冒出来了螺旋式成长这个概念。这种考试我已经考了几次了，这次终于跨过去了，随之得到的还有自信，这也是这件事情带给我最大的成就，让我未来的路可以走得更加自信、更加合心，更加有能力和底气朝着自己需要的生活努力。

一切的一切，只因在最想放弃的时候没有放弃，而是寻找突破口，最终成功地跨了过来。现在再想，假如当时的我放弃了，那么随之而来的其他事我肯定也会选择放弃。此刻很庆幸自己咬了咬牙坚持下来了。当我们真的跨过来就不会再去怀恋过去的生活方式了，因为现在的更合心，是在更了解自己的情况下成长出来的。

所以，每日的生活看似在重复，但是成长从未停止，一直都在悄无声息地螺旋式进行着。如果生命是一场消耗式的过程，那么我将把这过程用在刀刃上，用在自己内心的使命上，如此方无怨无悔。

2019.5.19

生活

生活就是生活本身，离开生活去谈生活，如空中楼阁。

昨晚睡前，趁小鱼儿看书之际，小坐了一会儿，闭上双眼问自己，这一天为什么这么精力充沛，结果发现是用心的早餐让我莫名开心，然后工作的时候莫名地感觉到一种幸福感，莫名地对家人更加柔软和顾全大局，陪伴引导小鱼儿成长莫名地有智慧，莫名地头脑清晰，所听的课程几乎都记住了……

为此，今早我还是很用心地准备早餐。当我吃过用心准备的稀饭、玉米、饼、包子、夏威夷果、杧果，喝过用心泡好的清咖后，那一刻觉得，这才叫生活！当我走在上班路上的时候，那句“生活就是生活本身，离开生活谈生活，如空中楼阁”很自然地进入了我的大脑。

一直以来，我们都在生活，也在追寻生活，祈求生活给予我们答案，但或许正是这样追寻的心让我们忘记了生活本身，忘记了怎样静心地吃一顿饭。

家是什么呢？这个问题想明白之后，或许就知道怎样去装饰自己的家了。有时候去到一个朋友家里，会有一种“这才是家”的感觉，这种感觉让人很舒适，我想待在里面的人肯定也很自在。

家的感觉才是我们生活中真正应该追求的。一旦找到了这种感觉，那么生活的感觉也就随之出现了。在这样的环境里，无论是大人还是孩子，都会有一种内在被滋养到的感觉——一种来自“家”的滋养，这滋养就像是能量的源泉一样，让我们可以充满朝气地过好每一天。

这样的感觉找到了，生活才真正开始了。

2019.8.16

心层

能够平安地生活，已是一件幸福的事。这就好像是平安地生活在这个国家的这个省就已经是幸福的了。

我们的选择如套娃一样，一层一层，逐渐缩小，只是有时候我们明明已经很幸福了，然而却感受不到幸福。是因为那一刻我们只是待在了离自己的身体最近的那一层，忘记了更外面的层次，当我们反应过来自己原来生活在如此美好的大环境里，就会跳出最内层，逐渐看见外面的层次，而我们真正要学会的，就是不断让自己的心扩向更外更高的层次，层次上去了，那么看事也就看开了。

通过身体的反馈，让自己变得更加通透，更加灵敏，就像是仪器的系统一样，不断地升级。

2019.8.21

节点

写到这里，应该来一个结尾了，因为长达十个月的看书考试之旅已经结束了。考完试后，我并没有那种释然感，只是觉得生命中的这件事情已经落定了。经过这件事，我更自信了，生活也更健康了。今早我还是像往常一样四点多就醒来了，这个习惯也是备考、考试过程带给我的一个好处吧，与早上六点起床匆匆洗漱相比，四点多起床让我有了更多的自由时间，我可以看会儿想看的书，可以去小区里散个步听听晨曲，可以悠闲地准备一份早餐，这一切会让这一天变得更加美好，而且是一家人都能感受到的美好。

再去看这一段走过的路，有抓狂的时候，有想放弃的时候，有头疼的时候，有充实的时候，等等，每一种状态的体验和感受，我都将深深地收藏，这不是一个考试证书所能够比得上的，这是属于内在的丰盈。学习不只是学习知识，而是学习一种能力，那种能力会给我们带来欢乐。

此刻，有一种想要跳舞的冲动，我觉得自己好像脱胎换骨了。曾经在三十岁后的这几年里，我徘徊过，抑郁过，想要放弃过，但最终在通过这一年的四场考试之后，我坚定了自己的信念，发现原来我的生活可以由自己掌控。

十年磨一剑，而我毕业后的这十年磨的剑是我的信心，这样十年升一级，虽然速度慢了一点儿，但是我仍然很欣慰，或许，下一次升级只需要五年，再下一次升级只需要三年，再再次升级只需要一年，再再再次升级只需要半年……就像是电脑的信息系统一样，运行越来越快，更新所需要的时间越来越短，所覆盖的面越来越广，谁知道呢？

2019.8.25

第三部分　转

众家

看《沉思录》，想起罗老师来，那位外表苍老，但是笑起来如婴儿一般的人，我想，像他这等修行圆满之人早已不眷恋外在的这副身躯了吧。

真正的学者，应该是越学内心越自由自在；真正的成长，是提升自己的高度，从而可以一目了然地看待人事。

或许我自己的路，正在这中间慢慢地形成吧。感恩宇宙的安排，感恩让我在成长路上遇到各种各样的人，让我可以结合众家之所长，摸索出一条属于自己的道路。在这样宁静的状态里，我可以更好地去与自己的心连接，倾听它发出来的声音，更好地做出合乎理性的选择。

任何一件事情发生时，我们只能听到自己内心的想法。与其去观想别人做事情的起心动念，还不如去倾听自己的起心动念，然后去内省自己，内修自己，这才是一件事情发生的真正用处所在。

2020.1.11

通风

昨天下午，因为下雨我把卧室的窗户关上了。等雨停了之后，一走进房间，我就闻到了一股味道，让人觉得闷闷的。其实关闭的时间也就一个小时左右吧，这让我想起了麻醉科老师的话，说最好的消毒就是通风。

是啊，通风了，室内的空气也就交换了，有了更新。这让我想到了人，人也是一样的，得向外开一个窗户，这样才可以与外界时时相通。用稻盛和夫老师的话就是，保持空杯心态，保持开放，这样才可以更好地更新自己，提高自己，如果故步自封的话，在里面臭了也不自知吧。

2020.1.16

心画

一不小心新年的第一个月已经过半了，感慨时光流逝的同时，也很庆幸这段时间自己时刻都在修正自己，让自己过上了一种时刻心安的生活，这种心安的感觉真好。

再次觉得家很好，家里的人也很好。在此期间，我常把自己的宁静状态与家人分别放在天平的两边，认为二者只能选其一，然而当我后来把两者放在天平的同一边后，才发现其实家里的人并没有那么让我心烦，让我心不安的只是我自己的认知，当我的认知改变了，心就随之改变了，生活的状态也就随之改变了。

正如“心如工画师”这句话所言，我们可以自己画自己的世界，比如遇到一件事时，可以先按照自己的心去画它的模样，然后再在现实中呈现出心中的模样。

让别人舒服的程度，其实也是让自己舒服的程度，如果遇到别人先发力，我们该如何绕开那股气呢？不妨让它流走，如是观。

2020.1.17

心自由

心自由才是真自由
渴求那些无用的东西
不如渴求让自己的心时刻处于自由的状态
这或许才是真正值得我们思考的

2020.1.20

平和圈

平和来自我们的内在。无论是什么事，一旦你的思想在做斗争了，那么你的心也就跑到外面去了，而且稍不注意就会一发不可收拾，就好像是一块可以吸引同类的磁铁，将长久以来的同类的事情，全部吸引过来，越变越大。相反，如果我们先让自己内心静下来，去关照我们内在的感受，外在也就冷却下来了。

每个人需要做的，就是让自己的“平和圈”变得更大更强，从而不受他人能量圈的影响。因为，如果别人的不平静比我们的平静更强的话，我们就可能会进入一种偏离内心的不平静状态。所以，为了不让自己受影响，我们要尽力让自己的心变得强大，能做到“八风吹不动”就更好了。不外求，向内求。

2020.2.5

三合

坦然地接受，温和地活着。刚在看书的时候，眼睛有些干涩，意识到自己为了研究哲学忽略了体育，接下来得要合理地分配时间了，所谓磨刀不误砍柴工。

下午看《理想国》，才知道一个国家的正常运行原来需要考虑如此多的事情。一个国家能够和谐地运行需要每个人有所节制，需要每个人在自己的岗位上尽职尽责，还需要有智慧的人领导、勇敢的人守护。

这也让我更加地理解国家的每一个举措。正所谓舍小家为大家，处于不同的位置，所要承担的责任也不同。书里让我记忆犹新的一句话是，“正义就是做自己分内的事情和拥有属于自己的东西”。

2020.2.9

单一

俗话说，“一码归一码”，其实很多事情原本是单一的，只是我们时常将一些不一样的事情捆绑在一起，甚至和情感纠缠在一起。殊不知，理不清时受累的只是我们自己。

2020.2.10

觉知

如果理智代表人的觉知力，即无论何时何地，都能厘清自己的能力，那么激情就代表人的感性起伏，正向引导。它们缺一不可，正是因为它们各司其职，我们才可以在人生的洪流中得以成长，就像是两种力量的相互持衡。

当内心起波动时，就相当于是在自己的心中投下了一颗石头，不仅会波及身边的人，还会浪费自己的时间。当我们在心中责备一个人的时候，就会忘记去感恩另外一个人，对我们来说，这种行为会带给我们双倍的损失。

2020.2.13

塑造

两条鱼，一条放在清澈的湖里养，一条放在污浊的河里养，结果它们的肉质也会不同，一个细腻，一个粗糙。做人和养孩子也是这个理吧，环境起到了很大的作用。

昨晚看了一部电影，看完后，我对它的评价并不高，因为这部电影所讲的内容太现实了，以至于让人看不见远方。通过它，我看到了“认真”的自己。原来，正儿八经，有时候并不是优点。对人对事都那样认真，这种认真从小时候起就一直伴随着我，直到现在。这么多年，我连性情仿佛都与小时候无异，除了身体的变化之外。

这让我不得不思考，难道人的这一生，只是为了体会身体的衰老吗？那么这些年的学习和经历，又都是什么呢？只是时间带来的感受吗？我想，可能是通过身体感受着时间在前进，从不停息；通过心灵感受时间的不存在，有些东西从未改变。

2020.2.24

种子

吃晚餐的时候，每吃一口菜，我都会在大脑里播放其成长的过程，辣椒、生菜、茄子、萝卜等，吃着吃着我突然产生了一个疑问：当种子撒进土里之后，它们所接受的是同样的土地、阳光、雨露，可为何它们最后的味道却是如此不同呢？原因当然就在那一颗种子里，因为种子不同，即使是在同一个环境里成长，最后所结出来的果实味道亦不同。

原来发力点在这里。那么如何修正我们的种子呢？通过觉察当下的每一个决定、每一个念头来改变！这些决定和念头就是我们播撒在世间的种子。

种子如此之小，为什么有如此大的定力呢？这些种子之间有何不同之处呢？答案是它们吸收的营养的比例不同，也就是每一颗种子按照自己的需要和原始指令吸收它所需要的营养，这些营养的不同，造就了它们果实的不同。

明白了这个道理，对于自己当下的每一个念头，就有了更高的护持力和执行力，因为“刹那即永恒”。

2020.2.26

口欲

吃早餐的时候，我的胃其实已经饱了，但是手还在伸向那盘自己喜欢的菜，就在筷子夹起菜的那一刻，我看到了自己的口欲。于是，把已经夹起的菜吃下后，我放下了筷子，因为我知道如果筷子还拿在手，我还是会不由得伸过去夹的。

同时，在这件事情之后，我开始反观自己，以前听说修行在每一个细节里，今天算是体会到了。原来克制自己的欲望，不只是说那些大的方面，也包含在吃一口饭喝一口水这样小的方面。

2020.3.7

空档期

“日子还是要火起来。”

今天星期天，也是女性的节日——三八妇女节。吃完家里自制的油条后，心情也好起来了。中午去公园散步，看着眼前的景色，春色尽收眼底，真好。

记得之前看到过一句话：“当你遇见了从前的我，请将我带回。”这句话在当下显得意义非凡，似乎我刚大学毕业，开始了下一段新的人生旅途。

记得大学刚毕业的时候，朝气蓬勃，有冲劲也有梦想，日子也慢慢地步入正轨。后来当愿望一一实现之后，有那么一个空档期，我仿佛遗失了自己，对自己之前感兴趣的事物提不起兴致，一心研究哲学。

可是今天，这个阶段也过去了，就好像青年的时候用力太猛，中年的时候沉睡了一段时光，老年的时候又醒了过来一样。我想，每个人都有一个属于自己的空档期吧，只为更好地走剩下的路。

如自己在日记里所写的“成熟地经历上蹿、下跳、褪色、脱皮、裂开和融入”一样。此刻站在春景前，再去回望那一幕幕，波澜已过，一切都回归了平静，回到了最初的模样。

感恩美好如期而至，感恩带着一颗修行的心在世间生活的自己，一颗平衡中道的心在接受生命里每一个春天的到来。

2020.3.8

清理

昨天忽然意识到在这儿上班的四个小时里，我的大脑有三个小时都在播放与某人有关的事情。当我意识到情况如此严重的时候，我想改变这样的状况，想掌控自己的大脑。如尼采在《善恶的彼岸》中所说，与恶龙缠斗过久，自身亦成为恶龙；凝视深渊过久，深渊将回以凝视。

冥想，可以让思绪沉淀下来，再将它们清理干净。大脑也像肠道一样，需要每天清理，这样才有空间装入新鲜的思想和智慧，才可以让自己保持空杯心态，保持开放的姿态。经常擦洗内心的人，皮肤犹如玻璃一样透亮，如孩童般柔软。

2020.3.19

接纳

自从那天晚上看了德国作家卡特琳·佐斯特写的《高度敏感的力量》这本书之后，我开始真正地“接纳”自己，接纳自己是一个高度敏感者，接纳自己敏锐的感知力，更接纳自己与别人不同的地方，不再自我责备或者强行让自己融入某种状态中。只是纯粹地接纳自己对一点儿气体、一丝风都可以感知得如此细腻的特征。

现在我做得最多的，就是倾听自己身体和心里所发出来的声音，也慢慢摸索到了自己的“敏感点”或者说“极限容忍点”，尽量不让自己处于那样被高度刺激的情况之下，以便更好地来照料自己。

此刻我正在科室值夜班，在偌大的科室里，我的思绪如此平静，回想这一天，我竟然一整天几乎没有再想起某人，这让我感到一种解脱。同时，今天对自己的感知力再一次提高了，每当自己的思绪有那么一丝要涌动的迹象时，我就会立马把自己拉回到一呼一吸里。这样的感觉真的很好，殊胜。

2020.3.20

活得像个人

回家的路上，听着歌曲 The Rain，情感像是被翻腾起来了一样，大脑里出现不同亲人的面孔，也借此机会与他们在心里说话，内心的声音是“大家都要好好的”，因为在那一刻，看到每个人都有不易之处，同时也想让大家意识到自己的幸福。无论如何，生命都是向前走的，路面不可能一直都是平整的柏油路，有时候也会遇到受损的路面，在这种情况下，人自然会受到影响，但是这些总会过去的，一定会抵达终点的。

在车前行的途中，忽然明白“人要活得像个人”，我想这是对我新生命的开示吧，既然作为一个人，那么一定要活得像个人，方对得起自己与身边爱我们的人。照顾好自己，也顾及大家的情感需求，心里有自己，也有大家，格局才可以慢慢地打开。

2020.3.26

变化

人，要么是社会的推动者，要么是社会的跟随者。

这几天，对于“变化”这个词有了新的认识，比如从身边的环境来说，从单位来说，从城市来说，等等，变化都在我们有意识和无意识之中发展着。

如果改变涉及自身，或许会在那一刻对改变有抵触情绪，但是事后看会发现，这些改变多是在朝着更美好、更富足的方向进行。所以，此刻的我也释然了，不再抗拒，不再质疑，如果可以，在自己擅长的方面做一个美好的推动者，在自己不擅长的方面做一个虔诚的跟随者。感恩！

2020.3.27

接纳

沉睡是在为崛起蓄积力量。

看到《天生敏感》这本书中关于工作的描述时，我忽然意识到长期以来自己压制了自己的“情绪面”，或许是信仰所致，或许是成长环境所致，或许是自我纯粹的理想所致，从自己角度看是自己的品格所致，从外人角度看是“不识趣”所致。

此刻，当我接受了自己的“情绪面”，允许它们存在，允许它们为我所用，忽然觉得自己像是卸下了千斤重担，反而活得更加洒脱，更加自信和宽容。这样的感觉真好。

这一步的成长，就像是太阳接纳大自然中的一切，给予它们同样的光芒一样，我也开始接纳自己的全部“面孔”，平衡自我。

当我们接纳了自己不同的“面孔”，在生活中也就更能理解别人的所作所为。

傍晚和小鱼儿看夕阳的时候，小鱼儿转变着自己的朝向，夕阳从他的前方变到右方，再到后方，再到左方。小鱼儿说：“夕阳没有变，只是我的面朝的方向变了。”感恩孩子的诠释。

2020.3.28

循环

这一天，从早上起床的清爽，到开车途中的享受，到停车时的焦虑，到工作时的坦然，到下班时的释然，到回家后的喜悦，到冥想时的清静，到亲子互动时的温馨，到睡觉时的觉悟。

一天里，情绪起起伏伏，能量也起起伏伏，就好像充电用电的过程。一天是这样度过的，一年也是这样度过的，一辈子也是这样度过的。原来轮回的循环，时刻在我们的身边，就看你有没有感受到。

2020.3.30

空心

不知道为什么，情绪竟然在清净的时光里受到影响，看来内心还是不够强大。此时，心给出的答案是：我从来没有束缚你，是你自己束缚了你自己。

这一刻，我才反应过来，原来是自己束缚了自己。我要为自己解绑，还自己自由的心，强大的心，慈悲喜舍的心，空空如也的心，过好自己的时光。

昨晚被梦里的呐喊声唤醒，也或许是自己的心性在梦里试图唤醒我，祈望有人可以伸出手将它拉到岸上去。

老师说梦是一种释放，那就让它尽情释放吧，让我的头脑与身心都宁静安详，排空所有杂念，让大脑空空如也，尽量多地处于纯粹的当下中。

2020.4.12

呈现

从高处看，人尚且如蝼蚁，更何况那些窜动的脑袋呢？而这脑袋里装着什么呢？星罗棋布，有喜悦，有悲伤，有平静，有愤怒，有爱恨，等等，就看我们选择展现出里面的哪一面，让哪一面呈现出主导地位。这或许也是修行的所在，愿自己可以随时随地自在地选择正面状态。

2020.4.14

生死

在精神上让自己死过一次，人也许就可以放下一切获得重生，时刻保持平静，就像我们是这个世界的客人，只是观看着这个世界的变化，却不再留恋和沉迷。

越发觉得，人的这一生，最重要的就是认识“死”，这也是生命中最重要的话题，早点认识，不至于临时随手抓住一根救命的稻草。

无疾而终是幸福的。昨天父亲住院，今天做介入治疗，看着他那薄弱的身体承受着一次又一次病痛，我不知道该说什么。其实我想问父亲愿不愿意，只是这话我说不出口，只好一步一步往前走，走一步是一步。

死这个话题，是我想研究的，我想：从死去看生，人是不是就会豁然开朗，就不会执迷不悟，就会开启与生命有关的智慧阀门呢？

长长地呼一口气，一身轻松。生命如呼吸，轻盈而缥缈，厚重而沉稳，无论何时何地，因为心已如明镜般透彻明了。

2020.4.17

境地

内境和外境，都当电影一般，带着点距离感去观看，不入其中，不随其行，仅借此观己；如白天的太阳和晚上的皓月一样，平等地对待所有的生灵，不因它们的好坏而区别对待，只借由自己的本性去展现，没有批判，只有包容。

学会了“不住心”，人轻松了很多，感恩认知的转变，感恩内在的改变，感恩前行的道路。

人生追求的不是“闲”，而是“忙”，并从中自知和自调。因为你的时间一定会以某种方式填满。

今天看完了《雪洞》这本书，似乎我也跟着一起进行了一场修行，看完它，我对自己的生命有了更深一层的认识和展望，那就是内在质的变化才是核心，也是此生真正的追求。

2020.5.18

静慧

安静下来，就能听见宇宙的声音了。打坐不是目的，安静才是。打坐是修行的方式，心里牵挂的事情越少，头脑里所想越少，心越静。

在同一个层面是很难解决问题的，要想解决问题，得拔高一个层面俯视问题。

觉察到自己最近只要看着时间数字，嘴角就会不自觉地向上翘起，或许是内在意识到，这是“我”的时光，必须善待。

2020.6.9

反向

看着人群向前走，我却放慢了脚步，想反向而行。看着大家从我的身边“滑过”，欣赏着他们的背影，想象着这不同的背影平时过着怎样的生活，内心处于哪种状态。

向前是这个时代的代名词，也是它的节奏，但对于个人来说，或许退一步会海阔天空。

如果想改变，在同样的群体里是难以找到同道中人的，只有换一个群体，换一条道路。土壤找对了，果实自然丰盛甘甜。

2020.7.22

演戏

下午要去网签，看似只是换了一个房子，其实也是一个人生阶段的转换。如果说，之前的房子承载着一个大家庭，那么接下来的房子承载更多的是一个三口之家的人生轨迹。这也是这次换房的初衷。

人生就是这样，一个阶段过去，下一个阶段早已在候补场上迫不及待了，只要还活着，人生这场戏就要演下去，最多只是换一块幕布，换一个场景而已。

明明知道人生的结局，可是在“演出”的时候，还是会认真投入，这就是人生的意义。看破了，还愿意去演绎这出戏，或许才是真的悟到了。

2020.8.2

握不住

上午，阳光洒在身上，我立马伸出双手，让阳光滋养手上的每一个细胞，每一条神经。我感受着阳光的温度通过皮肤一点一点渗透进体内，然后传到身体的其他角落。

这时，忽然想握起双手试一试。这一握发现，手心里只有手指投下来的阴影。我笑了，阳光和温暖是握不住的，唯一能握住的就是当下敞开心怀去体验的感受，这也是唯一真实的东西。

2020.8.5

回归

此刻甄在厨房做晚餐，小鱼儿在旁边画画，婆婆可能在房间叠衣服吧。这些日常让我快乐，这才是生活，不是吗？

人呐，得在向前看的同时，时不时向后看看，这样就会知道当下的自己是多么幸福，才不至于被眼前的障碍所迷惑。

当下的自己似乎刚刚发现生活的美好。

修行，修的就是这颗充满爱和阳光的心，在自省、自律和自强的自我管控下，让自己始终处于主干道上，这就是所谓的回归。

外面的知了在叫，身边的亲人在嬉笑，幸福就是这些。愿在头发花白的时候，还可以咯咯笑，经过时光的打磨，成就一种豁达，一种包容，一种流淌，一种心的沉淀和洗礼。

当阳光洒满大地，被照到的叶子也会生辉；有光的地方，幸福随之而至。

2020.8.8

温柔以待

想起一个刚硬的面孔和一个温柔的面孔，对比之下，明白了生活的真意就是让你温柔，无论生活如何对待你，都以温柔相待，让时光在脸上雕刻出温柔的模样。

这个温柔不是对别人，而是对自己，对自己的生命和时光温柔，不因外界而忽略自己，忽略当下，守得一颗温柔的心待自己。

2020.8.19

证明

在行动之前，先觉察自己当下的行为是以什么为出发点，是否想证明什么。如果不是，那就坦然地去做吧；如果是，那么问一问自己的内心是否真的想去证明，若问完还想去做，也去做吧，因为那是内在需要的。

有一位亲戚，小时候家境不好，长大后出去闯荡，奇怪的是，即使他回到老家大手笔地请大家去豪华酒店吃喝，他说似乎他也没有被看得起过。不过，好在内在这种要“证明自己”的动力，让他实现了财富自由。

我不好评价他的做法，只是这类事情让我开始思考，人行动的真正内在动力到底是什么？怎样来改变和开启自己的动力才是正向的呢？

对于我，更多的是感恩，感恩大家的呈现，这些似乎成了我开启某一个阀门的钥匙，让我可以借此进入一个新的领域，可以更深一层地认识自己，也感受着这种认知给我的生活带来的改变。毕竟内在的改变可以带动外在的改变。

此刻，我一个人坐在小区的长凳上，吹着夏天傍晚的带有微微温度的风，随着这风，有关“证明”的思索和内在渴求也随之吹走了，再也不会出现，就好像有关它的考核已经通过了，我已经跨过去了。

2020.8.22

和解

昨晚看了电影《菊次郎的夏天》，本来只是想随意看看，不料，看得入了神。里面主人公的心理状态，其实在现实生活中我们多少都经历过，那就是“和解”。

那个男孩正男选择了和解，那个成年人菊次郎也选择了和解，这和解不是去和当事人和解，而是在心里和自己和解，让事情不再成为自己堕落的理由。

当正男看到母亲有了新的幸福家庭，他没有上去拥抱，没有闹，只是选择了默默地离开，选择了不打搅；当菊次郎去看望在养老院的母亲的时候，他没有上前相认，也没有让对方知道，只是远远看着，然后释然，离开。

原本他们两个都有权利责备母亲：为什么当年抛弃了自己？没有给予自己母爱？可是，当真的看到了母亲本人的时候，他们选择了理解，选择了放下，选择了和自己的执念和解。对于正男来说，相认会破坏本来的美好；对于菊次郎来说，责问也毫无意义，母亲已经老了。

和解，和的是自己的状态，解的是自己的心结，和解是自我在经历世俗之后追求成长的一种状态和表现。

2020.8.24

回旋

当一个人累到倒头就睡，也就没有更多的时间去思考哪些地方可以提高，所以即使再累也要挤出时间去思考，因为只有思考才能带来进步，否则只是在同一个轴轮上旋转而已。

生命的本质不是为了循环，而是在这些体验里提高递进，即使是看似相同的事，也会因为层次的不同，学到的点也不同，所以循环不是本质，只是成长的一个路径而已。

知道生活皆是梦，微笑着继续生活就行。那什么是真的呢？就是当我们披上皮囊，如穿上一身戏服开始演绎的时候，内在的觉知是真的。

空不是无，空是一种存在状态，学会用空这种存在状态填满自己。

2020.9.3

均衡

心，处于一种祥和的状态，再没有了无聊的感觉，也不会刻意去寻找生命的意义，因为这一切，或者说那个阶段已经过去了。

无聊，只是因为内在对“空”的不适应，是内在缺乏一个具体目标的空荡感所致；至于意义，其实生活，或者说活着本身就是意义，所以若没有生活，哪能赋予生命意义呢？意义，不是悟出来的，而是活出来的。

对于某些事情，我们的第一反应可能是抗拒的，但是经历过之后，总会从中收获点什么，只要用心体会，总能发现自己内在或者外在正在一点一滴变化着，这就是生活的意义所在。

如果能在事情过后反思一下是什么原因导致了事情的发生，或许我们还会明白，有些纠结和担心其实是没有必要和多余的，回过头才发现那些只不过是自己当时不明就里的一种思绪而已。

2020.9.7

心性

正是因为有了磨难，才让我有机会磨炼心性，让我的心透过表象看到人生的本质。无论这些“烟雾”是自己制造的还是其他人投递过来的，我们怀揣一颗镇定的心，顺利地穿越过去，待核心显现的那一刻，眼泪变成了微笑。

2020.9.10

榜样

榜样，在我的理解中又可以叫参照物，即一个人向前所能看到的参照物。有了参照物，也就有了前进的具体目标。

教育孩子是不是也可以这样，给他一个榜样，以榜样的力量激发孩子内在的驱动性。这是教育的关键所在。

此刻的我，感激当时拖着疲惫的身体坚定去往书店的自己，在那里我遇见了梭罗的《瓦尔登湖》。由于时间问题，当时只看了序言，简单了解了作者的人生经历，但是也足以让我爱上了这个有思想的生活求道者。

当我依依不舍起身赶往科室接夜班的时候，我的心中有了一个思想上的榜样，那就是梭罗。他的人生经历，让我明白，还是要从事一项谋生的工作，方可做到现实与理想两不误。感恩作者来到我的世界里，感恩他以某种方式指引着我前行。

刚刚看到甄发的一篇有关在大学生群体中筛查抑郁症的文章，我为自己成功走出了那段岁月感到庆幸，同时，很想告诉大家，抑郁之所以产生，就是因为现实与理想之间脱节了。就像那时候的我，一心想放弃工作去写作，但是读了一些作者的人生经历之后才发现，原来现实与理想并不冲突，经济没有问题，就可以更好地以爱好的方式去写作，慢慢雕琢，等待它自然开花。给自己一点时间去摸索出一条适合自己的在现实与理想之间穿行的道路。

2020.9.13

改命

如果我想在四十岁前改变自己的命运，那么还有六年时间，按照现在平均每天在写作上花费半个小时算，真正用在改命上的时间是 6×365×（0.5/24）≈ 45.6 天。如果每天连这半个小时都坚持不下去，那么连改变都无从谈起，更何况改命呢？

最近有那么几次，碰到某种状况后，我的大脑一片空白，就好像大脑里从未留下过处理此类事件的经验。不禁陷入了反思，是不是活在自己的世界里的时间比较多而忘记了？

无论是在写作还是在整理文稿的时候，似乎整个世界就只有我一个人，这样的感觉让我欢喜。午睡醒来，忽然一个灵感，让我明白，原来那些让我大脑一片空白的事情，只是在我这里找不到生存的土壤而已。

所有的这一切都会消失和死去，既然如此为何不活出自己呢？我想要什么，我想活出什么模样，我想把这一生倾注在什么上面，这些才是核心指引所在，所以又何必再在世俗的泥潭里耗费精力呢？

2020.9.14

通畅

难得休息一天，像是盼星星盼月亮一样，盼来了一个人在家的清静时光，静静地与自己为伴，这样的感觉真好，希望这样的时光更多一些，再多一些。

此刻，刚整理完一些文字，泡上了一壶红茶，天猫精灵里播放着轻音乐，这感觉真好，没有愿望，也没有心绪起伏，只是这样与时光为伍，似乎整个世界只有一个我，我无形中成了当下这个小世界里的中心，真好。心流，像蜜一样流淌着，滋养着我，改善着这几天因为工作而导致的头脑发涨等症状，它借用这个环境里的一切“分子”，与身体里的“分子”进行着如实如是的交换，然后再次塑造出一个容光焕发的个体生命。

可能我是热爱“孤独”的，因为在独处的时候，我脸部的肌肉会微动起来，眼眶也微微湿润，这一切，似乎都在告诉我：哦，终于终于按照自己的心活了一回。我的沉思或许与大家的沉思不同，更多的是一种内在的涌动，一种回归。

一杯温度刚刚好的茶入口，整个身体的“管道”变得畅通无阻。

2020.9.15

小窗

这两天迷上了《小窗幽记》这本书，里面的文字虽然简短，却让我茅塞顿开，以至于在时光的空隙里，我都想要拿出来翻一翻。在看这本书的时候，我的心情很平和，面部表情也是温和的。这样熏陶，是我乐意的。书里面的一些精辟文字，还常在脑海里回荡，如果遇到与之相应的情况，我想自己可以随之调用，不至于大脑一片空白吧。

或许因为这两天自己活得很走心、很惬意，在待人方面，也变得自然和有爱。

对于那个梦想，现在或许不叫梦想，因为已经习惯了，一有空，就在这条路上走一走、品一品，其他的交给时间去考核吧。把目标放在那个位置上，然后做好当下能做的。

2020.9.16

至简

真正的修行，大道至简，就是让自己静下来。当我们静下来之后，可以感受宇宙在体内自然地游走。调整呼吸，只是帮助我们进入安定状态的一个途径，它本身不是目的。修行的目的，是让自己静下来，然后与宇宙同频地感知内外细微的变化。

刚看到自己八年前写的东西，此刻看来，其实从来没有什么彻底地分开和长大，时光似乎静止了，那个时候的我和现在的我，其实核心思想是一致的。这些思想只是跟随着我，从生命周期的一个波转到了另一个波上，仅仅是球越滚越大，越滚越稳而已。

或许此书的书名可以叫“路途”或者“生途”，因为其实它是我生命路上的一种痕迹而已。

2020.9.17

觉知

时光在日常琐事里流逝，真心舍不得，内心真正想做的事情没有时间和精力去做，我深叹了一口气。其实人堕落起来是很容易的，从……到……一步步沦陷。如果没觉知到，就会在不自知中慢慢地落入深渊。所以，觉知力就像是自己人生中的一道自设的防火墙，时刻把控自己。

其实今天身体很疲惫，或许是环境所迫，或许是内心使然，可当我在运行的地铁里拿出《菜根谭》，把身心沉浸其中的时候，我感受到了来自远古文人的洗涤。

回到家之后，一边泡茶一边沉浸在文字的世界里，如此，我才感觉自己活过来了，才感觉自己是活着的。

无意之中我发现，我已经学会了如何让自己一有机会就活在宁静的状态里。然而，脑海里却传来一个疑问：为什么要制造条件呢？

我才反应过来，是啊，为什么不直接去求最想要的，让自己内心时刻保持宁静呢？感恩这一刻的醒悟，愿我的余生都是在宁静、富足、安详的状态里。这让我想起了很久之前我的梦想，那时候的梦想是“看透世间的一切，然后从容地生活”，现在看来，已经到从容生活的时候了吧。

一杯茶下肚，闭上双眼，聆听着洗衣机转动的声音和音乐声。这一刻的安宁，让我的气息平稳下来，让我感受着整个世界只有我一个人的状态，身体里的每一个细胞仿佛都重新组合。享受着这一刻的觉知。

2020.9.21

拿手

公交车是早上六点五十五分发车，一般七点到达小区门口的公交站，今天是早上六点五十八分就到了。当我还在小区里散步的时候，看到公交车从东门口开过去，于是，我下意识跑了起来。当跑出小区大门时，我发现公交车停在那里，但除了我这个赶车的人并没有其他人在上车。我上了车，司机便启动了，原来它就是在那里等我的。

坐定之后，我开始思索：如果一个人放弃了自己，那么世界也没有办法拉他一把；反之，只要他自己不放弃，那么世界在能带上他前行的时候，还是会带上他一起的。

同时，公交车司机的等候激发了我内在的感恩之心，于是又开始思索：每一天到底有多少人在为我们服务呢？早上吃的豆子来自哪些人？我们习以为常，却忘记了自己一直被保护着、滋养着、服务着，那反过来，我们在获取的同时，为这个世界付出了什么呢？

我们付出或许是自己谋生的一种方式，但更是反馈服务的一种途径。假如每个人都做着自己热爱的和拿手的事，那么这个世界上的人就是相互服务，社会处于一种和谐发展的状态中，每个人在自己拿手的领域做到最好，这个世界就会越来越好。

回到自身，我最拿手的到底是什么呢？我能为这个世界提供什么服务呢？是文字。人们为什么需要这个呢？哪些人需要这个呢？文字可以传递我的思绪，能把大家带到怎样的一种境界中呢？如果我的状态是宁静安详的，那么是否读者也可以获得同样的体验呢？是否读者也可以在日常的生活里抽身而出回观自己呢？

关于这些的思考，或许可以回答我拿什么去服务这个世界的问题。同时这些文字和思绪，是我乐意拿出来回馈的，因为这是一种双赢的状态，我在做自己的同时服务了社会，多么美好。

2020.9.23

时效性

我的饮食在旁人看来可能有些清汤寡水，但我在食用的时候是喜悦的，那种食物原本的香味似乎包含了阳光和雨露，滋养着我的味蕾，可以打开我的整个身心。

即便这种感觉让我很享受，但这种享受的时效性却是如此短暂。比如当下我写下的这些文字，它们都未必能被保留多久，更别提生活里那些芝麻绿豆大的事情的时效性了。

这个问题想明白了，就好像握住了时光的杠杆，可以让自己更好地在时空里游走。不知道为什么，当写下这句话的时候，眼睛湿润了，呼吸变慢了，想想曾几何时我被困在某一事件里，某种情绪里，浑然不知它的时效性是我赋予的。喜爱什么，就多花些时间和精力去爱、去做，在时光隧道里握住属于自己的那颗“核仁”，也就等同于掌握了自己的命运。感恩生活中的点滴在无意中为我指明了方向，带来了前行的动力。感恩！

2020.9.23

平淡

今天是八月初八，我农历的生日，我属于只过农历生日的那群人，可能是从小父母给养成的习惯吧。

日子越来越红火，心越来越平淡，不再像以前那样刻意去外界寻求，内心很自在平和，平淡如水的生活中透出淡淡的清香。

人生跟开车差不多，开头不难——发动即可，中间也不难——

按照交通规则行驶即可，难的是到达终点时停在哪个位置上。

站在三十四岁生日的这个节点，往回看，二十四岁的时候我在哪儿、处于什么状态？十四岁的时候我在哪儿、处于什么状态？那时的自己是否知道三十四岁时是当下的模样呢？在这些年的时光中，哪些对如今的自己起到了重要的作用呢？身心发生了怎样的变化呢？将时光从当下倒回去，一个一个地看某个时刻的自己，现在的我又想对当时的自己说什么呢？

通过对过去的回望，我仿佛看到，那个当初破土而出，而后渐渐成长直至伸出水面，优雅、富足、自由地绽放着的生命。

2020.9.24

清明

昨天在“芝麻”小事里跌了一跤，今天醒来，照看着自己的“核桃仁”，接着前行。生活中，这种“芝麻”小事可能时刻都会有，如果与之纠缠下去，只会消耗自己照看“核桃仁”的时间和精力。

人生时光有限，在这有限的时光里，我们不可能把什么都做到尽善尽美，所以尽量把时光用在“核桃仁”上吧，朝此目标前行。在有限的生命里，尽量在擅长的方面拉长自己。

2020.9.26

大美

昨天，我见到一位外国人，忽然觉得像她那样臀大腿粗也挺美。也许，每一个个体都是完美的，不完美的只是人心对美的设限。意识到这一点之后，忽然感觉世界很美，身边的每一个人：老人、孩子，胖的、瘦的，高的、矮的……每一个个体都在呈现着属于自己的美。

天地有大美而不言。对于个人，重要的是自我认同，要看到自己本来就是完美的呈现体。

此刻心里很轻松很舒服，原来的我挑剔自己，此刻才算真正接纳了自己、接纳了身边的人。

忽然想起一句话：我们不需要改变世界，只需要改变世界观。是的，当我将视角的限制去除之后，如看到了真实的世界，竟连内心中对年老色衰的那份恐惧也消失了。眼里有欣赏，哦，原来这又是一种美。

2020.9.28

回归

别进去！当知道前面是一个坑的时候，告诉自己别进去，绕开去做自己的事情，如海子所说："你来人间一趟，你要看看太阳。"重复执行，直到成为一种习惯、一种记忆。

在不合心意的时候，反问自己：我是否成了理想中的自己？若有一天我成了理想中的自己，那么我想合心意的环境也会随之而至。

忽然，好像终于懂生活了。懂得过自己当下如诗的日常生活，买菜、准备晚餐和点心、看书、喝茶……此刻或许就是生命的花儿开放的时刻。感恩把自己交给自己的自己。

2020.9.29

感恩

刚看了一部朝圣的电影，我的心也随之被净化了一般。想起之前听过的一句话，每个人的人生就是一部电影。或许有一天，我的人生也会变成一部电影。只是在这部电影里，大家看到更多的是跟随自己内心的重要性。如果条件允许就及时跟随；如果不允许，那么也要朝着那个方向去准备，去做当下能做的一切。

最近，心开始沉了，人也稳了些，这些变化，或许已经刻在了脸上吧，看来得每天多养自己的心。这让我想到之前总是想回家这个问题，原来，当我的心不自由的时候，就会想家，所以想家这个念头来自内心的束缚感；假如心一直是自由的，时刻处于“家”中，何须想念呢？

2020.10.1

幸福

周转一圈，发现似乎没有哪一个人认为自己是完全幸福的，大家每天都在寻找幸福。

那幸福到底是什么呢？当下，是承认不幸福是人生常态，还是把幸福的要素加以改变，变成我是幸福的呢？

刚看的《指环王》这部电影，让我有感的是，没有人生来就是英雄，只是当命运选择你的时候，你要竭尽全力去做分内的事，哪怕中间有过质疑和放弃的念头。正直善良的弗罗多能够控制住自己的欲望，这或许也是他能担大任的原因吧。

能够安然地生活本身就是一种福气。“快乐的回忆”，光是这几个字，就足以让我们去与自己过往的快乐时光连接。

2020.10.8

慈悲

慈悲就是理解身边的一切人与事，理解它们的存在，理解它们本来的模样，不加以评价，不加以指责，也不参与，只是理解，理解了之后心中不升起其他心。

所谓慈悲为怀，就是时刻把这份理解放在心上。理解是修炼慈悲心的一种途径。对于身边的人，多一份觉知，明白他或她本来就是如此，不只是对我如此，对他或她身边的每一个人都是如此，那就是本来的他或她，那么围绕他或她所引发的事情，也是如出一辙的。

慈悲，如何做到？即对生命中的每一个时刻给予理解。

2020.10.10

扫尘

打扫完毕，坐在光亮的客厅，看着一切井井有条，心情也会随之明亮起来。泡着脚，享受着身的放松和心的放空。当话语通过嘴巴传递出来的时候，感受到身边有波纹传开，就好像自己是波纹的中心点，再布满整个空间。

那一刻的宁静与安详，让我整个晚上睡得很踏实，就连梦里的画面也是殊胜往常。

早上，当阳光洒在脸上，那种被光包围和照耀的感觉，让我向往和享受。越发觉得自己喜欢安静了，喜欢一个人安详地看书、晒太阳。享受一个人的空间和时间，将时光尽可能多地留给自己。这或许也是我选择相对性避世的原因吧。

2020.10.12

轻盈

走在小区的路上，一股浓甜的桂花香直入鼻孔，低头一看，一地的桂花把地面染成了淡黄色。再香的花儿，也终有落地的时刻，再智慧的人也是一样，但是这才能证明来过、活过、奉献过。过程看似是结束了，但那恰恰才是开始，生命永远没有尽头，只是以不同的形式和方式存在而已，就像这些地上的桂花。此刻，感觉自己身体轻盈了很多，这种轻盈而且健康的状态是我喜欢的，可能也是我追求的生命状态吧。

饭要一口一口吃，路要一步一步走，修行亦是如此，愿洗涤身心从容生活。当惠兰老师的瑜伽课音乐响起，我像是躺在母亲的怀抱里一样，身心特别放松，似乎在她的音频下荡漾。

2020.10.13

向前

每个人都在大步往前走，我也要往前了，不可能回到过去，每一段时光都是独一无二的，当下这个时光亦是这样。

修行就是修心，修好了也还是要过日子的，因为时光在那里不离不弃，需要你用每一个当下填满，而你只是换了一个更加智慧超脱的方式做人做事做自己。修行，是在每天的生活里，带着觉知去感知每一个当下的身与心、因与果的碰撞。

人生是苦的，这苦，不仅在自己身上，也在其他人身上，无人例外，但是看到了苦，而不畏惧苦，只当它是一种生命的形态，心就会豁然开朗。

2020.10.27

定标

一个人是不可能改变另外一个人的，最多是影响。陪伴是爱，放手是更深、更长远的爱。

愿在我情绪低落的时候，可以自我觉察，通过咖啡等及时自我调整：当我情绪暴躁的时候，希望可以通过玫瑰普洱滋润自己。愿这些情绪，被我觉察到之后，可以悄悄离开。都说情绪是带着使命来的，我想是的。

昨天看到一篇文章，讲的是如果我们恢复出厂设置，愿意过什么样的生活，成为什么样的人。这些问题是该想想了，就像是及时给自己的人生定标一样。

一直以来，都把以为重要的事情放在前面，殊不知人生真正重要的事情就是修行，其他只是修行的辅助存在而已。除了基本的生存之外，将其他所有的精力都用在修行上才不枉此生。

2020.10.30

内外

活成自己，是一种成功，内外同质同频是成功的基石。

大脑里出现了好几位“偶像”的模样，脑海里播放着他们的模样与神态，发现他们之间有一个非常明显的共同点——他们都是那种内外特别和谐统一的人。他们之所以取得成功，原因或许就在这里吧，活出了内在的自己，外在只是他们内在的一种展现形式而已。

2020.12.5

选择权

记得年初因疫情在家闭门不出的时候，看着婆婆、甄他们欢快地做着当下的事，而我似乎带有一种“忧国忧民”的情怀，怎么也笑不出来，甚至当看到大家欢喜的时候，心里还会生出责备之意，好像是在说，在这种时候，怎么还能笑出来呢？似乎笑与当下的疫情不合时宜。

然而此刻，在这一年的最后一个月里，我变了。当父亲的病情尚未缓解，疫情尚未平息的时候，我还可以看着窗外的花微笑，可以看着早上的日出微笑。这种感觉就好像是，生活还是那个生活，但是我多了自主选择的权利，我可以选择一蹶不振、悲观共情，也可以选择坦然自若地面对。

当生活的选择权交到我自己的手上时，我开始去观察生活，发现我可以选择的远比我想象的要多得多。我可以看书，可以喝茶，可以写作，可以看电影，可以冥想，可以狂欢，可以陪伴，可以养花，可以做美食，可以欣赏，可以聆听等，每一样我还可以带着不同的情怀和情绪去做，可以喜悦，可以欢快，可以宁静，可以安详，可以借此提高自己的频率，可以提高家庭的频率，可以提高周边的频率，当然，也可以出现其他悲观的情绪，伤心，流泪，一起下沉……

当更多的选择过来时，我忽然觉得单纯的“共情”并不能帮助对方，真正能帮助对方的是，知道他的状况，但是不过度关注。展示出生活的其他面，让自己的眼界和心界拓展开来，站在另外一级台阶上去看、去体验，或许也可以借此放下执着。感恩。

2020.12.9

思想

昨天，甄带小鱼儿去爬山，他们发过来照片的时候，我正在搬动阳台上的花草让它们晒太阳。那一刻，看着眼前的小花盆，再看着手机里的大山，恍惚觉得它们的本质是一样的，构成元素也是一样的，唯一不同的是“量”的多少。

同时，反观我们自己，我、你、他，我们之间，构成这副躯体的成分也是一样，也就是说我们的物质是相同的，那不同的是什么呢？是我们大脑里的思想，是我们的意识。

那问题来了，思想和意识又是怎么来的呢？从哪里来的呢？为什么会不一样呢？有没有一种办法可以让思想和意识趋于相同呢？思想和意识的源头在哪里呢？有没有可能源头其实也是一样的呢？我们所有的情绪、爱好、行为等，之间的不同，归根结底在于思想和意识的不同，那这思想和意识是否可控呢？

思想是客观存在反映在人的意识中经过思维活动而产生的结果。满足客观存在、在人的意识中、经过思维活动产生的结果这三个条件的，才叫思想。

若将这些年的思想压缩成一个饼，内在的动力则像是饼的圆心，始终在发挥作用；如果动力是后面思想发展的基础，那么它是否也就是我们来到世间所携带的使命呢？如果这思想的源头是我们来到世间的使命，那么我们是不是可以换一个方式教育孩子呢？不是植入某些思想，而是发掘他们携带的使命，然后让他们各尽其能地去成长和发展，而教育者所要做的只是为孩子们提供“土壤”，相信他们会吸取自己所需要的养分，成长为他们自己。假如每个人都发现了自己与生俱来的使命，同时，社会、学校和家庭给予了适合的环境养分，那么是不是大家都可以活出自己？假若每个人都能活出自己，那么是不是可以推动社会进程的正向发展？

2020.12.14

一时的触点

1. 在“一”的范围内往上走，总是没有错的。

2020.9.12

2. 人的情绪是波动的，有低有高，在某处压下去的情绪能量，会在另外一处适当的地方反弹上升。

2020.9.12

3. 与其抱怨，不如报恩。

2020.9.27

4. 轻轻松松，一路畅通。

2020.10.14

5. 带来困惑的，不是事情本身，而是事情带来的感受。

2020.10.31

6. 诉说是一种相互释放的途径，打坐也是自我释放的一种途径。

2020.11.3

7. 多让自己待在欢喜的波频里，沉浸在那个状态的氛围里，你会愉悦地跨过当下低频的时光。

2020.11.7

8. 觉是自知，静是自止。

2020.11.10

9. 接纳，是根本；直视，是办法；放下，是目的。

2020.11.20

10. 聊天有两种，一种给人带来安宁和智慧，一种给人带来怒火和冲动。

2020.11.22

11. 做自己不喜欢的叫加班，做自己喜欢的叫投入。

2020.11.22

12. 一个人真正想要的，和从众想要的，是两码事。

2020.11.26

13. 以内在价值为行动的出发点，外在价值将作为行动的附属品随之而来。

2020.2.12

14. 守中，收放自如。

2020.2.12

15. 可以体验，但不可迷恋。

2020.2.12

16. 给不出去的也得不到，得到的都是给出去的。

2020.2.23

17. 清净之地内外同修，污浊之地外同内修。

2020.4.1

18. 在同一个层面是很难解决问题的，要想解决问题，得拔高一个层面俯视问题。

2020.6.9

19. 你是什么样的心境，就会选择什么样的方式打发时光。

2020.6.20

20. 内在精进，外在随缘。

2020.6.20

21. 教育，不是盯着孩子，而是提高自己的认知，引导孩子。

2020.6.21

22. 你对时光微笑，时光对你微笑。

2020.7.7

23. 与其向周围发散消耗，不如从中心直接向上喷发。

2020.8.4

24. 人，真正应该求的不是不干活，而是内心的平和。

2020.8.11

第四部分　新

修行是我的生活，是我个人的事，而真正想呈现给大家的是修行过程中所迸发出来的灵感核心。此刻的自己不再受文字或者形态的干扰，只是以一种平和的心境自然展现而已。

触点提炼

1. 花儿是绽放的能量呈现，果实是内收的能量呈现。

2020.12.19

2. 定义是为了给予定位。

2020.12.19

3. 人的思想是螺旋式循环着发展的。

循环是为了加深印象；加深印象是为了形成烙印；形成烙印是为了形成惯性思维；形成惯性思维后，此成长点就过去了，即将进入下一个成长点的循环。

2020.12.19

4. 你只知道那是你不愿意的，但是你不能说它是不好的，因为你不知道那是不是别人愿意的。

2020.12.19

5. 注视美好，感受美好，成为美好。

2020.12.19

6. 向前，通往圆满；向上，通往富足。

2020.12.19

7. 情况，是来检验定力的；定住了，情况就自觉没趣地走了。

2020.12.19

8. 内容是一样的，何必在乎外形的大小？

2020.12.19

全新的自我

看着镜子里的自己，我感受到时光的流逝，外在的皮囊让我保持着一种某个年龄段应有的状态，但倘若离开镜子，我仿佛又觉得自己从小到大都是那个纯粹的自己，只是时间的长河里，有了更多可以变换的状态而已。

时至今日，我的内在包含着十六岁的少女心，十八岁的懵懂心，二十五岁初入世的青涩心，三十五岁开始沉淀的平稳心，未来还会有更多的新体验等待着发掘，内心只会越来越丰富，越来越饱满。这或许就是人生这趟旅程的目的。

2022.2.19

附文 我的平凡的世界

大学毕业的时候，我跟甄（当时的男朋友，现在的伴侣）开玩笑说，以后要出一本书，书的最后一句话是“这本书有甄的一半功劳”。那样的一个玩笑，竟然无意间促使我这个从小语文成绩几乎不及格的人，开始了写作。有时候我觉得自己写得还不错，于是对自己有了那么一点儿信心。在写作成为一种习惯之后，我发现每天写一点儿，眼界慢慢地开了，自己似乎是更智慧了一点儿，从短暂的迷失状态又重新回到了热爱生活的状态里。

在此，真心感谢写作让我重新找回了自己。其间写得最疯狂的时候，是在海上漂泊的那 180 天。回到岸上后，在修养调整期间，我开始整理书稿，最终，这本书的目录和内容基本上都成形了，准备出版，不过寄出去后就像石沉大海，加上与本职工作有关的四门考试都在今年中下旬进行，于是出版这件事就暂时搁置了。

早上坐地铁的时候，每次地铁门一关，我的思绪之门就会立马打开，我还开玩笑说要不接着写第二本，名字就叫《地铁文》吧。正是对写作的渴望，才支撑着我每天早上四点左右爬起来学习，并最终让我在半年里考完了四门专业考试。一想到考完试就可以安心投入自己热爱的写作里面，我的心里就充满期待。而每一次的写作就像是一次身与心的释放，更像是一次自我的提升，开阔了眼界，拓宽了心界。

但是，当所有的考试结束之后，我突然又有些迷茫了。上班时，本职工作干完之后，闲暇之时原本应该用来看书的，但是看着同事们一个个拿着手机，我也变得不知所措起来。虽然每天下班后，我仍时不时地会整理书稿，但时而自信，时而不自信，无法确定自己这些流淌出来的文字对他人到底有没有作用。

有一次需要值夜班，下午休息时，朱带我去了天一广场的西西弗书店。一走进去，《皮囊》这本书就映入了我的眼帘，我与它有一种似曾相识的感觉。打开后发现，原来在海上的时候，我已经在“喜马拉雅”上听过这本书的有声版本了。此时再次遇见，我的心再一次被它触动，眼睛又一次因它而湿润，看到书中描写的某些场面的时候，便会联想到自己以前的经历，那样的清晰，它们曾被我长久地遗忘在某个角落，此刻却再次显现出来，让我看见了人间的烟火，也让我明白了这人间烟火是如何绽放的。下面，就让我来捋一捋我的平凡的世界。

原生家庭

父亲两岁左右时，我的爷爷、奶奶就已经去世了。也就是说，其实我没有见过自己的爷爷、奶奶，唯一的记忆只是小时候从左邻右舍那里听到的只言片语，“你爷爷当时很有名，是一个道士，会给死去的人念念经，做做法事什么的，在那个年代干这些是很吃香的”“你的奶奶身材很好，会跳舞，算是一个名角”，等等。

父亲是在爷爷四十九岁那年出生的，所以取名为“四九”。父亲小的时候，先是由他的哥哥、姐姐带，等他的哥哥、姐姐各自成家后，父亲又被送回他的舅妈家寄养。我就出生在舅奶奶家所在的这个村庄。听说，舅奶奶是一个爽朗大方的人，虽然我没有见过她，但是关于她的故事我并不陌生。比如，麦子刚打出来，一会儿她就能端出热气腾腾的白花花大馒头，招呼左邻右舍的孩子们来吃。母亲刚嫁过来的时候，家里除了墙上的锄头，几乎没有其他的。母亲聊起舅奶奶的时候会说："你舅奶奶常说的一句话是，'孩子，有光棍嫌光棍，无光棍想光棍'（光棍是家乡话的发音，大致的意思是指身边拥有的人）。"这句话现在还时常在我的耳边响起，特别是在我与公婆相处的时候，让我可以换个角度来思考问题。

父亲是寄养在舅奶奶家的，舅奶奶无儿无女，按照习俗父亲是要改姓的。但舅奶奶疼爱父亲，便让父亲保留了原来的姓——金，而没有改成舅爷爷的姓——陶，这也让我们家成了村子里唯一一家姓金的。记得小时候，父亲常常挂在嘴边的话就是："希望你们兄妹俩以后能够离开这个村庄，现在因为我是教师，大家对我都很尊重，但这里毕竟是农村，讲究家族力量，你哥哥性子急，怕在这里不好生活。"或许正是因为这个念想，父亲一路努力支撑着让哥哥和我读到了大学。一位农村的小学教师同时供养两名大学生，是有些吃力的，但是对于哥哥和我的学费、生活费，他却从来没有含糊过。只是每当我们回家的时候，父亲必唠叨的一句话就是："我对不起你们的母亲，为了把钱省下来给你们，亏待她了。"

母亲是我们家的调和剂，即使现在哥哥和我各自成家育子了，母亲依然扮演着调和剂的角色。印象最深的是母亲描述外婆的时候说："你外婆，是那种宁愿自己受苦，也要让自己的孩子和谐相处的人。"或许是受外婆的影响吧，母亲也是这样一个人——宁愿自己受苦，也要笑着说话。她总是会"偷偷"把父亲与她聊天时有关哥哥和我的内容告诉我们。比如，上高中之后，我基本上是一个月回一次家，于是每次回家时，都会用自己攒下的钱买一些馒头（当时，我家一日三餐基本上都是吃米饭的，加上母亲不擅长做面食，所以一年到头吃不了几次面食，但是父亲热爱面食）或者零食。每次我回家时，母亲总是说我："不要买，把钱留着自己花。"母亲还告诉我，父亲不让她阻止我，还说让我养成攒钱和为他人考虑的习惯。记得有一次，母亲来宁波看我，老乡请客吃饭。吃饭时，大家都羡慕母亲命好——父亲有固定退休金且爱干家务，儿女也都成家立室，母亲啥也不用操心。母亲听后只是笑着说"是的呀"。坐在对面的我看见了母亲笑容背后的苦涩。其实，父亲当时刚刚出院，哥哥常年在外，嫂子经常加班，侄子时常皮肤过敏，我这边则需要照应一大家子，母亲每一个都是放心不下的。

可能由于父亲的名字里面有个"九"字吧，每逢带"9"的年份，对父亲而言都有一场灾难。2009 年，哥哥刚大学毕业，我在上海实习（学医是五年制，所以我比哥哥晚一年毕业），父亲查出来肝硬化门静脉高压性腹水，急需手术。在亲朋好友的援助下，总算凑齐了七万元，哥哥和我陪着父亲去上海第九人民医院做了手术。术后，在父亲的央求下，医生答应让他早点出院，因为父亲知道哥哥刚毕业需要找工作，我也需要接着实习。记得送父亲和哥哥上电梯去坐地铁的时候，看着他们的背影我流泪了，似乎是积攒了十几天的泪水终于如河水一样冲破了堤坝，肆意地流淌。陪伴父亲手术的那几天，我的食量惊人，体重达到了那之前有史以来最高，每次吃饭之前我都会先告诉自己一定要把自己照顾好，这样才有力气去照顾父亲。后来，母亲在电话里说，哥哥用剩下的钱买了空调和冰箱，让父亲在家里养身体。

把父亲安顿好之后，哥哥接着投入到了找工作的行列中。其实哥哥是学技术设计的，但是为了早日还清家里的欠款，哥哥放弃了工厂里的稳定工作，开始跑销售，想着这样能来钱更快一些。只是让我没有想到的是，这一放弃就回不去了。哥哥的生活习惯也随之改变了，他习惯了时间自由，已不能接受按时上班的工作，身体也渐渐开始发福，晚上常常睡不着觉，才三十岁出头，头发已白了不少，明明很英俊的脸庞却越发地“肿”了起来，体重也由毕业时候的 120 斤增加到了现在的 160 多斤，嘴唇一年四季处于干皮的状态（想必与他推销时说话太多有关系吧），肩膀也越发厚实，脖子有一部分都“缩”进了体内。不知道是不是因为“缩”的动作做多了，以至于成了一种体态。我想在“缩”的过程中，哥哥大概可以感受到片刻的安宁，得到短暂的休息吧，因为依附于他的人实在是太多了。

今年是 2019 年，恰好又是带“9”的年份。父亲喜欢看命理类的书籍，也有一点“自知”吧，过年的时候，跟我们说他今年运气不好。当时我们都没有在意。到了 5 月的时候，我正在图书馆看书，父亲突然打电话过来说他最近右边腹部有点儿疼，做了一个 B 超，让我看一看。我打开父亲发过来的 B 超单，“占位”两个字让我一下子定住了，我知道这不是什么好的结果。足足看了十几分钟，我才给父亲回电话，淡定地询问那边的医生是怎么说的。父亲说医生让他做核磁检查。他问我有没有必要做，我说听医生的，做一个放心。那一天是周三，而父亲预约到做核磁的时间是周五。母亲和哥哥也纷纷打电话过来问我到底怎么样，父亲有没有事情。对于母亲我是有所保留的，但是与甄商量了之后，我把父亲的情况直接告诉了哥哥。出差途中的哥哥听后，在电话那头连连叹气，问我怎么办，而我用医生的口吻告知他父亲当下的情况，以及父亲接下来可能需要做的事情。等到周五这一天，我像往常一样去图书馆，看书做题。当父亲打电话过来的时候，我刚好在做模拟考试题，电话通了，父亲说："群儿，爸的结果不太好，得了怪病。"其实这个结果我已经心里有数了，为了避免父亲还要顾及我的感受，我直接说："是癌症吗？"父亲说是的，然后问我怎么办。

那一晚，我把自己关在书房里，房门反锁，满脑子都是有关父亲的回忆，一次次地任由眼泪宣泄。心情平复了之后，我做出了方案，先陪父亲去上海肿瘤医院检查、做手术，然后让父亲来宁波我工作的医院休养，等他养好了再回合肥的家里生活。一切也确实是按照我所规划的那样进行着。那天哥哥带着父亲从合肥出发，我从宁波出发，我们在上海会合。晚上，我们一起吃晚餐的时候，哥哥和父亲坐在我的对面，看着父亲，我说："老了很多。"哥哥说："你哥哥也老了。"哥哥把我内心没有说出来的话说了出来，这是我不愿意面对的现实，印象里的哥哥还是大学毕业时英俊潇洒的模样。其实哥哥的"老"一直以来都是我心里的一块石头，总感觉哥哥是因为承担得太多了，才成了今日的模样，我感觉自己亏欠了哥哥很多，这几年都没有替他分担一些。

出生

我出生的时候舅奶奶已经去世了，父母忙于教书和干农活，没有过多的时间照看我，好在那时候的农村，并没有人贩子。那时候，我家的房子位于村子的中央地带，对面就是池塘，每家会在池塘里圈出一小块地方，在里面养殖水菜（猪食的一种）。当时我家的房子是用土砖（这种砖是用石磙碾压田里的泥土做出来的长方体，然后晒干制成的）建成的，家里的地面与外面的地面几乎是一样的，唯一的区别就是家里的地面要更加光滑一些，可能是由于长年累月地在上面行走导致的吧。房子外是一条长长的胡同，直通到村子的后面，这条路的路面上有几块青石板，夏天的时候，这里是最凉快的地方，邻居们吃饭或者休息的时候，会端着饭碗，或者端一杯水在这里乘凉，感觉快活似神仙。这里也是大家交换和获取信息的地方，村子里谁家发生了什么事情，在这里待上半天，基本上就都知道了。住在池塘东面的陶伯父是父母的媒人。当年，陶伯父去母亲的村庄里给一户人家做事，听说这户人家有个闺女，于是牵线搭桥成就了一段姻缘。母亲由于是家里的老小，比大舅小二十岁，比大姨小十五岁，比小舅小十岁，再加上算是外婆的“老来子”，所以相对比较受宠。母亲身上有一种大家闺秀的气质，读书读到了初中。在那个年代，一个农民家的女孩读书读到初中是很少见的，就是与我一起长大的村里的女孩子，也大部分小学一毕业就被送出去打工了。所以当时母亲算是我们村女性里学问较高的人了。母亲刚嫁过来的时候，舅奶奶和舅爷爷还在世，母亲说舅奶奶总是一天到晚满脸的灰，舅爷爷整日躺在床上咳嗽。那时家里一共只有两间房，被分成了四部分用。进门的前半部分是客厅，后半部分是厨房，左边的前半部分是父母的房间，后半部分是舅奶奶和舅爷爷的房间。母亲说舅奶奶做的菜特别好吃，只是菜里总是有沙子，可能是炒菜时屋顶上的土掉进了菜里，也可能是洗菜时没有洗干净。我虽然没有吃过舅奶奶做的菜，但是看到母亲对舅奶奶做的菜的思念，我也会联想翩翩。

有一天，父亲去学校上课，母亲跟着邻居一起挑着稻谷去轧（就是把稻谷变成米的程序）。有一个人看到了母亲，就问旁边的邻居说："这是谁家的孩子？长得这么清秀。"邻居回答说："是金老师家的。"那个人立马说："是乡里最穷的那个金老师家吗？太可惜了！"当时母亲的脸唰一下红了，回来后对父亲说："以后我再也不去轧米了。"不过，那时候虽然家里穷，但是舅奶奶和父亲把母亲当宝贝一样疼。冬天天冷的时候，舅奶奶不让母亲起床，而是把饭菜都端过去让母亲在床上吃，在那个年代很少有媳妇有这待遇；坐月子的时候，村里其他的女性生完孩子后，休息几天就要下地干农活，而舅奶奶一直等到母亲月子坐满后，才让她下地出门。

哥哥是1984年出生的，比我大两岁 . 有时候我会开玩笑说，母亲把营养都给哥哥了，所以导致我现在身高不高。母亲则说哥哥出生的时候是6斤多，而我出生的时候是8斤多，我还多吸收了差不多两斤的营养。等我会走路的时候，有一天，邻居牵着水牛走在老房子的胡同里，忽然发现牛下面有一个熟睡的娃，那头牛像是通人性似的，将快要踩下去的蹄向前一跨，我也就在牛蹄下活了下来。此后，邻居每每看到我都要说一遍，或许是因为重复说了太多遍，我好像恍惚看见了当时那个幼小的自己。

等我稍微大一点儿，会说话的时候，乡亲们常常拿我的外表“黑”和“丑”说笑，开玩笑说我将来即使倒贴嫁妆也嫁不出去。有一天，这样的话语传到了父亲的耳朵里，父亲拿着铁锹站在家门口大骂：“以后谁要是再敢说我的女儿，我就打断他的腿！”从那之后这样的笑话就少了很多。

我快四岁的时候，家里的房子眼看就要倒了，于是父亲在村庄西头的山坡上选中了一块地，那块地正对河对面的河西山，喜欢风水学的父亲觉得那是一块好地。那时候，父亲正处于壮年，用母亲的话说，“两百多斤的东西你父亲分分钟撩起来，那个小腿比大瓷碗碗口还粗”。只要有空，父亲就会去那里挖地基，那种带两根大齿的锄头，磨损坏了好几把。父亲和母亲在挖地基的时候，我就坐在那个山头等，他们挖一天，我就坐一天。或许正是那个时候的不受打扰，使我养成了看大自然和思考的习惯吧，所以每每母亲提起那段时光，我都是感恩的，特别是我自己也做了母亲之后，越发觉得一个孩子在不被打搅的情况下成长，是多么重要。因为很多东西不是从书本上学来的，而是从大自然中得来的。就这样，不知过了多久，地基终于挖好了。听母亲说，那时候家里总共只有七百元，建房子的砖是在砖厂工作的亲戚那里赊的，给工人们做饭用的柴火是邻居们从各自家里拿过来的。就这样，在大家的支援下，房子总算是建成了。无意中，我家竟然成了村子里第一家盖楼房的。新房子总共有两层，第一层有两间卧室和一个客厅，第二层有一间卧室和一个杂物间，楼顶一部分是平的，用于晒农作物。院子里，一侧是厨房，另一侧是猪圈和厕所，出了院子是菜园子和一片树林，再远处就是田地了。由于房子是正西晒的，所以每到夏天，我们都会在房子的后面乘凉，一张凉席足够让我们躺上半天，有时候吃饭的时候也会往屋后跑。那张凉席至今我都怀恋，因为那个时候哥哥和我都还小，母亲身材瘦小，一家四口都躺在一张凉席上也绰绰有余。随着时间的推移，凉席越发的光泽和温润。那时候父亲有一项特别的技能，就是即使睡着了，手还在为我们扇扇子，这一点，母亲每每提到都会露出佩服的表情。

小时候，我的玩伴只有两位，感觉跟其他人都说不上话，现在想想，哥哥和我在童年时期都有点儿孤独，这也更加让我能够理解父亲为什么非要将哥哥和我供到大学了。小时候，我常常能够感受到一种奇怪的氛围，虽然伯父等同房（村子里同一个姓的为一房，我家跟着舅爷爷，归为陶家那房）的亲戚对父亲很尊重，但是村子里真正看得起我们家的人并不多，所以更多的时候我都是哥哥的小跟班。哥哥小时候很喜欢玩水，有一次我与小伙伴一起在河里捞石头，我捞到了一个大的，自己拿不动，于是喊哥哥过来。哥哥是潜水过来的，眉毛刚好撞到我手上的石头，顿时鲜血直流。我吓坏了，哥哥则像没事人一样。回到家，当母亲问起的时候，哥哥担心母亲责备我，就说是他自己看书时不小心撞到了墙角上，母亲也就没说什么。后来，母亲说其实她知道哥哥在撒谎，不过，这个谎，她没有揭穿。还有一次，哥哥和他的伙伴带我去很远的地方玩，感觉都快要到县城边上了。我们被一群年龄比我们大的男孩子拦下，他们要求哥哥跪在地上，哥哥不知道说了什么让他们将我放走，他自己与伙伴留在了那里。我回到家之后，战战兢兢地把哥哥的情况跟母亲说了。最后哥哥是怎么解决的，又是怎么回到家的，我已经不记得了，或许是我受惊过度睡过去了吧。

就这样，我被哥哥一路保护着长大。哥哥对我也很严格，即使他自己不做作业，也要我坐在桌子前做作业。而他看书时经常看着看着就说："我去上厕所了。"这一去基本上就是半天，吃饭的时候需要喊他他才会回家。小时候，我属于那种"乖乖女"类型，真的会一直看书做作业。不过，我也有自己的小心思——只要看书，母亲就不会喊我去干活。这个办法屡试不爽。当然，平日里我也需要跟伙伴们一起去田地里"讨"猪菜，就是去田埂等地方找猪能够吃的野菜，因为每年总有一段时间家里的猪会缺吃的。有一次，伯母从县城过来，看到了双手提着满满两篮子猪菜的我，对母亲说："你的孩子养得好，我的孩子这么大还需要伺候呢。"母亲一直秉持的观点就是"懒"父母能够培养出勤快的孩子。果不其然，哥哥六岁、我四岁的时候，我们就开始一起烧火做饭，一个在灶台上一个在灶台下，虽然其间有几次差点把厨房烧着了，不过母亲还是大胆地放手让我们去做。我一个人烧饭是在六岁的时候，父母那天忙着给后院涂水泥。还记得我烧的是酱油炒白萝卜，他们吃得津津有味，这让我觉得自己炒得还不错。那时候，在我看来烧饭就是一种本能，是人自然而然都有的一种能力。

求学

父亲是金龙小学的教师，学校离我家大约四里路，在我还没有到上学年龄的时候，我就被放在一年级的班里上课。那个时候，家乡还没有开设幼儿园，就这样，我零零碎碎上了三年的一年级。其实在这之前，我也算上过学前班——我家房子刚建好之后，母亲为了填补家用，与父亲商量利用东边的房当教室，教村里的孩子们学习识字。记忆犹新的是动物饼干，每当谁表现好的时候，母亲就会奖励他一块有动物图案的饼干，那是一种幸福更是荣誉的象征。不过，我并没有因此变得聪明。记得在我五岁左右时，父母教我数字，他们先在客厅的椅子上摆了十张数字卡片，然后从一到十教我怎么读，几遍下来之后，顺着连起来我可以读出来，但是随意从中间抽一张让我读，我就不认识了，父亲气得火冒三丈。不过，等我正式上学后，可能由于一年级基础打得牢，后面的学习没有让父母操过太多心。为此，父亲时常后悔当初没有让哥哥留一级再去上初中。

我正式上小学的时候，父亲仍在金龙小学教书，所以一年级和二年级我是在金龙小学上的。之后随着父亲的工作调动，三至五年级我是在六圩小学上的。此刻，当我回想到这里，忽然明白自己之所以在村里没有几个说得上话的朋友，是因为村里与我同龄的人都是在金龙小学上的学，或许也正是因为这样，才导致我除了上学更多的时候还是更愿意待在家里，用邻居叔叔的话说："她小时候每天在家里看书。"由于哥哥比我上学早，所以他整个小学都是在金龙小学上的。

在金龙小学的时候，由于我是教师的女儿，便在同学中多了一种自信感和优势感，人也渐渐开朗了。午餐，基本上是跟着父亲在学校的食堂里吃，偶尔会端着饭菜去和同学们一起吃，因为路远的同学有些是带饭的。一年级的班主任很严厉。有一次，几位同学课文没有背诵下来，于是，那位老师让这些同学在讲台上站成一排，背对着大家把裤子脱了。幼小的我不敢直视，后来我才知道这叫体罚。当然我也有被惩罚的时候，主要是被老师用一根大约五毫米厚的戒尺打手心，那是一种直入骨髓的疼。不过，也有一些美好的记忆。记得我第一次上台表演节目的时候，我先指挥其他同学排好队，然后自己站在队伍的最右侧（因为个子最小）。这件事可能是老师告诉父亲后，父亲又告诉了母亲，也可能是老师直接告诉了母亲，因为那时候母亲偶尔会在家里与老师们一起娱乐，母亲对我说："老师说你不错，知道指挥大家排好队。"这是母亲为数不多的对我的夸奖，所以当年那个指挥同学排队的小女孩至今还存留在我的脑海里。放学后，我喜欢搬两把椅子在家门口的走廊上写作业，一把放倒当凳子，一把当桌子，就这样边写作业边看风景。在我看来这是再正常不过的事情了，但是有一天，老师来我家做客看到了说："书桌都没有一个呀？"事后，父亲就从学校弄回来了一张桌子，放在楼上的房间里。从那之后，楼上那个靠近窗户的角落，就成了我最愿意待的地方，因为透过那扇窗户可以看见更远处的风景，可以看到更辽阔的田园。随着成长，一张桌子已经不够哥哥和我同时使用了，于是父亲又弄了一张桌子回来，并排放在楼上，就这样哥哥和我各自有了属于自己的空间。这两张桌子都是学校要处理掉的破旧桌子，由父亲用他宝贵的自行车推回来的。

说到父亲的自行车，那可是我们家的"功臣"。每当过节走亲戚的时候，哥哥和我就会坐在车子前面的横杠上，母亲手提着篮子坐在后座上，有时候旁边还要吊一个蛇皮袋。因为我家的亲戚实在是有点多，父亲为了节约时间，一天多走几家，就会多带些礼品。

在六圩小学上学的那三年，父亲担任我们班的班主任，一位很年轻的男老师当我们的音乐老师。那位老师刚毕业参加工作，充满了朝气，他身上有一种不同于当地人的新异感。与其他班相比，我们班里学的歌曲都很新潮，特别是澳门回归母亲怀抱的那首歌，我到现在都还可以哼出来。有一天，父亲在课堂上讲烈士陵园，说我们县城就有一个，坐落在县城边上，并在黑板上边画边告诉我们，大门长什么样，门两边的对联是什么，往里走有一座小桥，桥下面是满池子的荷花，等等。我听得入了迷，原来世界上还有这样一个美丽的地方，我充满了幻想，恨不得马上到达那个梦幻的地方。第二天，父亲一大早就带我出了门，因为学校组织我们那天去烈士陵园。六圩小学距离我家大约四公里，我们是到学校吃的早餐，金黄色长长的东西很好吃，后来我才知道那是油条，第一次吃油条的记忆很美好。等同学们都到了之后，我们排好队，一起去往烈士陵园，那算是我的第一次郊游吧。回来后，父亲让我们每人写一篇文章，这着实难到当时的我了。因为虽然父亲是我的语文老师，但是我的语文成绩并不好，相反，我更喜欢数学。我写来写去就是那么三两句话，根本不知道该如何通过笔尖表达出自己眼睛看到的和心里感受到的东西。有时候父亲有自己的事情，我就需要和同学们一起走路回家。那时候，我的好伙伴叫雪，我俩几乎每天都会在一起。我第一次见到沙发，第一次吃开心果，都是在她家里。她是家里的老小，上面还有两位哥哥，不过都比她大很多，我们读小学那会儿，他们已经一个上高中一个上大学了。我还记得她其中一个哥哥的女朋友曾送给她一件红色的背带裙，着实好看。那时候，我哥哥上初中，每个星期才回家一次。每到星期五的这一天，我就像是盼星星盼月亮一样，盼着哥哥回家。他一到家，我第一件事就是去翻看他的书包，因为他每次都会为我准备礼物，买礼物的钱都是哥哥从父母给的零花钱里节省下来的。哥哥对我一直特别舍得，即使现在我结婚生子了，哥哥依然是这样。记得有一天，哥哥从包里拿出了一条挂有深红色圆形时钟的项链。那款项链我曾在店里的柜台上见到过，可能我当时说了喜欢吧，哥哥默默地也不知道攒了多久的钱，终于还是把它买了回来，并叮嘱我说，如果有人问起，就说这是他捡的。

五年级时，学校开始建设新的教学楼，我们也在快速成长着。我开始不与父亲一起吃午餐，而是在教室里与同学们一起吃。大家带的菜五花八门，我们就一起分享着吃，其中有一位同学每天都会带一杯用调料调制过的油，舀一勺浇在饭面上，香喷喷的。第二学期时，班里有一位同学很长时间都没来上课，后来听说是因为生病了，时常吐血，一吐就是半脸盆。我不敢去想象那是一种怎样的状态。

很快我就升初中了。我们乡只有一个初级中学，叫五里中学，从我家骑自行车过去大概要一个小时。初中是要上晚自习的，所以我们这些路远的学生，基本上都会选择住校，而且最好会骑自行车。哥哥小学升初中的那一年暑假，父亲从县城伯父家带回来了一辆黑色的破旧自行车，它的把手是直的，对我来说握着有点儿吃力，并且车子太大了，我很难从前面的横杠上跨过去，即使跨过去了脚也够不到地面，于是只能用右脚从横杠的底下穿过去，低位骑车。然而，哥哥却无师自通，只要父母不在家，他就偷偷地骑上父亲的那辆自行车，还能在后座上绑一些椅子之类的东西以提高难度。后来，父亲就把自己的那辆自行车给了哥哥。在我去初中报名的前一天，父亲突然推回来了一辆小巧的天蓝色女式自行车，那辆自行车最终陪伴我走完了初中四年（对，是四年，因为复读了一年）。对于这件事，我们长大后再聊时，哥哥说当时他吃醋了，为什么妹妹有新自行车，而他的是旧的。

在父亲看来，他有两个儿子。小时候父亲经常开玩笑说："以后老了我跟女儿住。"因为我和父亲一样口味偏淡，而哥哥和母亲口味偏重。初中是我第一次住校，女生宿舍在教师宿舍旁边，男生宿舍在学校最里面（从没去过那里，感觉那里像禁区一样）。学校知道很多学生的家境不富裕，于是提出饭票可以用大米兑换。一般我会从家里带 20 斤大米过去，放在自行车的侧面，后座上放被子和书包，用弹力绳绑牢。刚开始米饭是一个班级一桶，每个班级每天各自派值日生去领，然后在教室里分，菜基本上都是每个人从家里带来的咸菜。一般母亲一周会为我准备两罐咸菜，我每次都是前三天吃一罐，后两天吃一罐。不过有时候罐子里的咸菜会因为放得太久长霉，我就只能去食堂买菜或者去校门口店里买榨菜。初二之后，学校改成每个人自己去食堂打饭，一到下课的时候，就能享受到碗勺敲出来的交响曲。那时候，学校的食堂开始提供菜，我吃得最多的是辣椒粉煮的白菜粉丝，也可以去学校门口买菜吃，不过我只是偶尔去。那时候，父母一个星期会给三元到五元钱，我基本上回家的时候都会剩一两元。可能正是因为初中的时候营养没跟上，导致我的身高一直停留在了小学五年级的高度。

每当下雨的时候，学校的厕所里和周边都会爬满白色的蛆，一般我们都是踮着脚进去，再踮着脚出来。即使这样走路，还是可以听见虫子被踩到时从脚底发出来的那种噼啪的声音。现在想想，再也不想回到那样的环境里去了。

其实初一的时候，我们已经开始接触英语了，不过那个时候学校流行一句话——“我是中国人，何必学外文。”大家（包括我在内）都不愿意学英语。直到初三要中考的时候，我们才意识到英语的重要性，不过已经来不及了，所以我的英语成绩几乎没有及格过。我们的英语老师是刚大学毕业工作没两年的女老师，初二的时候她怀孕了，班级里有几个男孩子行为很粗野，有一次老师在教训他们的时候，其中一个调皮的男孩直接冲老师的肚子上踢了一脚。后来这位老师离开了我们学校，听说转去小学教书了。从那一天开始，我就不想做教师。本来父亲是教师，他也一直希望我将来能做一位教师，但是这件事就像一个噩梦，让我不敢去做一位女教师。

中考第一年，我只考了三百多分，连普通高中都上不了。那年暑假，家里的气氛很特殊。那是我第一次意识到自己站在了人生的岔路口，不知道下一步到底是外出打工还是复读。有一天晚上，母亲和邻居在厨房聊天，哥哥也在，当然我也在。哥哥说：“如果妹妹不读书，那我也不读书了，即使我不读书也要让妹妹读书。”邻居阿姨说：“你傻呀，这恩情你妹妹是记下了，但是以后你混得差了，她的娃不一定记得你这个舅舅呀！”母亲说了什么我已经不记得了，那时候很多人家其实都不愿意让女孩子多读书。记得大姨父就曾说过，女孩子是要嫁人的，没有必要读书。最后还是父亲拍的板。他找了五里中学的老师，让人家帮忙给我留了一个复读的名额。为了这事父亲到底做了哪些努力，他从来没有跟我说起过。

父亲送我去复读那天，复读班已经开课一段时间了，我们带着桌椅在楼道里等班主任。班主任到了后，我跟在他身后，低着头走进了教室。班主任把我安排在了中间第三排的位子上。坐下去的那一刻，我的心里只有一个念头，就是：“辛苦一年，换取一辈子，值了！”这句话在之后的日子里陪伴了我一年。那一年，我基本上都是在学习中度过的。如今再回想，只记得我偶尔会跟一位以前是三班的女生（我以前是五班的）一起讨论题目，而其他人我几乎连姓名都不知道。一年过去了，跟好多同学还没有说过话，似乎他们不存在一样。

复读的那一年，我每天早上第一个起床，晚上最后一个离开教室，即使教室晚上十点半关灯了，我也会点上蜡烛接着在里面学习。回到宿舍的时候，大家基本上都已经睡了。那时候，我们是十二个人一个宿舍，六张上下铺，两张桌子。为了挤出更多的时间学习，室友们中午去学校外的水井里打水的时候（这一趟来回需要一个小时），我从来不去。每日的总用水量控制在一水瓶内，这是我在吃晚饭的时候顺便打的。每晚睡觉之前，我会在心里默默地把白天学的各科知识点过一遍，回忆不起来的，第二天早上起来后，就第一时间去看一遍。最下功夫的是英语，因为基础最差。那一年中考，我考了五百多分，被我们县的重点高中——程集中学录取，它位于乡村边上，消费相较县城里的另外一所重点高中低很多，而且风景更优美，感觉更适合我。

升入高中那年的暑假，母亲第一次带我去理发店剪头发，还带我去县城里买了两套衣服，其中一套我特别喜欢，是一件白色的带拉链的运动衫一样的上衣和一条黑色的裤子。从那之后，不论母亲走到哪里都有人提起她的女儿，母亲说："你在这一片留下了好名声！"就连六圩那边的人也知道金家有个女儿，复读一年涨了两百多分被重点高中录取了。那时候村里没有几个人上高中，上重点高中的人就更屈指可数了，可能我是村里的第一个吧。

父亲带我去程集中学报到的那一天，我就是穿着自己最喜欢的那套衣服去的。那是我第一次去那么远的地方，已经没办法靠骑车抵达了，而是需要坐一两个小时的三轮车才能到达（这种三轮车，是由一个三角形的车头和后面一个深蓝色的车厢组成，车尾是敞开的，方便大家上下车）。上课的第一天，班主任就说："你们的目的只有一个，就是考大学。"对于这个来之不易的学习机会，我能做的只有加倍努力，努力去靠近那个目标，从而为自己换取一个好的未来。

高中的住宿条件好了很多，女生宿舍有一个单独的院子，里面配有洗衣槽和卫生间，而且还有自来水——那时候我家用的是井水。食堂里的伙食也非常多样化，早上就有炒面吃，我喜欢上吃炒面也正是源于那个时候，五毛钱一份的炒面有大半碗，可以让我吃得很饱。也是在上高中之后，我才知道，原来很多人早上吃的是稀饭、馒头等，而不是米饭。那时候，我开始有点理解“书中自有黄金屋”这句话了，因为学习让我生活的环境发生了很大的改变。说来也奇怪，从小不自信的我，那个时候却突然有了属于自己的自信，对于自己的未来似乎有了一点儿把握，同时打心里感激自己过去一年的努力。

高一的时候，宿舍里一共住了五个人。开学那天，父亲把我送到学校帮我处理完报到手续就回去了，整理床铺、准备日用品等都是我自己在弄。有一位室友的母亲全程陪伴着她，她母亲边干活边连连夸我，而我觉得这些是再正常不过的事了，因为在家里的时候这些也都是我自己弄，而且每次放学回家还会帮家里进行一次大整理。有一位由奶奶送来的室友，她身上有一种特别严谨的条理性，虽然衣服的款式和色泽有些旧，但是笔挺笔挺的，工工整整，工整到让人敬畏。还有一位室友，身上有一种成年女性的味道，感觉她已是大人了，而我们还是一群小孩子，特别是年龄最小的那一个室友，感觉比我更像一个未发育成熟的孩子。

关于那一年的记忆很少，可能是过得太愉快了，以至于记不得了。只记得文理科分班之后，我们就分开了，她们大部分去了文科班，而我选择了理科班。随着文理科分班，除了同学们都被打乱分到了不同的班级，班主任也变了。我所在班的班主任变成了一位微胖的老头，印象比较深的是他开玩笑说：“找老婆不能找好看的，像我，就是出去十天半个月也不担心家里。”我也迎来了新的同学，有帅气的，有勤奋的，等等。当时他们处于什么样的生活状态，现在依然处于那样的状态里，也包括我自己。比如浪漫的，现在依然浪漫着。记得一位男同学当年说：“一定有人喜欢我这款。”自信满满的那种。现在他偶尔会发一条朋友圈，基本上都是在海滩或者高雅的饭店和女友在一起。就好像我们的生活方式在那个时候已经定型了一样。当我发现了这个现象之后吓了一跳：原来我一直以同一种模式生活了十几二十年。我在那个时候就是一个单纯的学习女，现在工作快十年了，依然如此，同事开玩笑说我是“两耳不闻窗外事，一心只读圣贤书”。

来到高二这个班级之后，我变得开朗一些，开始与同学们一起玩耍，也开始注意自己的形体，不让自己发胖。虽然每个月回家后会胖两斤，但是回到学校后，很快就能恢复到原来的体重。我们的宿舍也由一楼挪到了二楼。在宿舍里，我看到室友用护肤霜，我就节省开支，也买了一瓶。我经常开玩笑说：“我会在自己的能力范围内让自己过得更好。”有一位室友喜欢看金庸的武侠小说，这让从来没有看过小说的我有些好奇，她的父亲也是老师，从小就让她和她弟弟看书。不过，我们很清楚我们是要考大学的，课桌上一摞一摞的书无时无刻不在提醒着我们这一点。为了让自己的状态更好，我后来的同桌璇还与我一起研究过怎样才能让自己更好地保持精神头儿，比如用手从前向后梳理头皮、用手捏耳垂等，最后半年我俩觉得这样仍不够提神，于是，索性在课间休息或者晚自习的时候，两个人一起在校园里跑步，精神了之后再回到教室里去学习。

哥哥和我是同一年参加高考的，考试期间，我们住在县城伯父的家里，父亲负责接送我们。晚上，哥哥会辅导我功课。哥哥是那种会把每一道题都研究透彻的人，而我是那种弄不懂就直接想办法巧背答案的人。哥哥在辅导我的时候，看我不开窍，就说：

“真不知道你是怎么考出高分的。”对我而言，这是对我的夸奖，因为在我看来，我用的是考试高效的办法。

那一年高考哥哥和我的分数都只达到了二本线，所以当班主任在讲台上说：“如果谁觉得自己还有发挥的空间，那么你可以选择复读报考更好的学校；但是如果你觉得自己已经尽力了，只有这样的水平，那么就走（上大学去）！”我很清楚自己的水平，即便复读也只能考成这样了，这已经是我尽最大努力的结果了。父亲与老师们（特别是我的生化刘老师）商量后，决定让我在高考志愿上填写蚌埠医学院。在这之前，父亲应该是做了很多的努力去研究那本报名书，还打了学校的电话，打听每一个专业录取的大概分数，以确保把有限的分数发挥到极致，最后父亲在专业一栏给我填写了“医学检验、预防医学和影像学”。因为父亲不希望我做临床医生，说我个头太小，不适合；也不希望我做护理员，说太辛苦，所以给我挑选了医学里的辅助科室，这样相对轻松一点儿。

父亲送我去上大学的时候，我们坐的是绿皮火车。那是我第一次坐火车，先是很好奇，坐上去之后，觉得也就那么一回事。哥哥和我是同一年上的大学，那一年，父亲需要同时支付两个大学生的学费，有些吃力，所以大学第一年的暑假，哥哥和我都在外当暑假工——哥哥找了跑销售的临时工作，具体销售什么我已经不记得了，我找的是发传单和家庭教师的工作。暑假结束后，我和哥哥约好在合肥表哥那里会面。表哥是一个靠自己的努力成长起来的人，初中毕业后他去县城学习了几天电脑，然后就去工作了，后来边工作边学习，现在已成为上海的一名电脑方面的游戏编程精英。记得当我困惑的时候，有一次咨询表哥，表哥说："人与人交往就像是拳头碰拳头，你疼他也疼，就看谁能多坚持一会儿。"这也一直是他取胜的法宝。

恋爱

甄和我都是检验科的医生，我们是在申请大学学费贷款的填表会议上认识的，可能困苦的人相互之间有一种特殊的吸引力吧。当时，他填错了一个字，如果再拿一张表格的话，需要支付三元。于是，我就利用自己手指甲长的优势，一点一点地将他写错的那个字抠没了，就这样两个人相识了。相识之后发现原来我们是一个系的，我在二班他在三班，爱情也就这样在不知不觉中萌芽着。

跟他在一起时，不知道为什么我特别自信和放得开，感觉自己比平时一个人的时候好看，可能是因为在他面前我一点都不想伪装，是处于一种纯自然的状态吧，也可能是因为我太需要得到一个人的认可了，而他是那种全然认可我的人，所以我好看的照片几乎都是他拍的。

其实在那次填表会议之前，我见过他一次。那是在食堂门口，他那天穿着一件土色的呢子外套，身上散发着一种成熟稳重的气息。后来我跟他说起过这件事，他说："其实那件外套是我室友的，他嫌穿上显得太成熟了，就和我换了外套穿。"原来我们之间真正的媒人是他的室友，不，是那件外套。

那时候他已经是老师的好帮手，是学生会的一员，而我只是一个单纯的小姑娘。我俩第一次约会的时候，他穿着黑色的西服，而我穿着一件白色的外面带毛的外套。走在路上，我开玩笑说："感觉你像是个拐卖儿童的。"后来，那套西服好像再也没有见他穿过了。噢，不对，还穿过一次，那是在晚会表演的时候。那天，我穿的是一件粉色的长裙礼服，他穿的就是那套黑色的西服，我们参加的不是一个节目，只是在晚会结束后照了一张合照，当时室友还开玩笑说，怎么感觉像是结婚照。那一次约会，我们是去饭店吃的，点了三个菜。最后一道菜我们可能都不好意思放开肚皮吃吧，没有吃完，而且两个人都没有要打包的意思。事后我们聊起来，都说肠子都悔青了，太浪费了。

那时候，大学里流行大头贴，我们也拍了一组。其中有一张照片我特别喜欢，照片里的我穿着一件红色的外套，站在他的身后并把手放在他的肩膀上，而他穿的就是那件我喜欢的土色外套。与一般情侣不同，平日里我们很少在外吃饭，在一起经常做的事就是上自习，或者手拉手轧马路。那一年利用暑假的机会，我去过他们家一次，去之前其实已经知道他们家不富裕，但到了之后还是不免有些惊诧。看着他们兄弟俩娴熟地摆好两个墩子，再在上面放好三块木板，然后铺上被子——这就是他们晚上睡觉的床，他们把他们原来的那张床让给我睡了。当时，他的小弟上高中，小妹还在上小学，他们一家人的淳朴和热情吸引了我，很纯粹的那种。在他家待了两天之后，我回到了自己的家里，虽然当时我家也不富裕，但是也不至于如他家那般贫穷，而且村子里基本上家家都盖上了小洋楼。一向对自己的未来很明确的我开始认真地问自己，是否愿意跟他继续下去，是否有能力托起那个家，得到的答案是肯定的，这个肯定的答案伴随着我之后的生活。在很多人还把恋爱当儿戏的年纪，我就已经在内心把他定为终身的伴侣了。记得当时报名考普通话的时候，甄身上钱不够，不想报名，但我觉得这个对他将来找工作可能有帮助，就直接给他报了名。感觉那会儿，我就像是按照培养丈夫的标准在培养他。大一，我们俩没有在一起时，我拿到了奖学金，我们在一起之后变成了他拿奖学金。

就这样，四年的大学校园生涯结束了，我们需要去医院里实习一年。学校有一个不成文的规定，就是不把情侣放在同一个城市实习，于是他被分去了宁波，我被分配到了上海。实习的后半年，我们开始找工作。为了能在一起，我俩投简历的时候都往一个地方投。不过，最后他进了现在的工作单位，而我虽然笔试通过了，但是面试失败，于是回了老家，并被家乡的人民医院录取了。我们像其他情侣一样，面临着毕业分手的局面（尽管双方都不愿意看到那个局面）。一天晚上，我再一次认真地与自己对话，问自己真实的想法。得到的答案是，反正都是靠自己，那么就选择可以更好发展的地方吧，虽然去他那边生活压力会大，但是“水涨船高”，工资也相对会高一些。我决定前往甄工作的城市。

说来也奇怪，我们大学宿舍有四个人，其中三个——安安、月月和我都是在大学时谈的恋爱，并在毕业之后成功经受住了考验，都进入了结婚生子的阶段，真是“不是一家人，不进一家门”。用甄的话说就是，我们宿舍几个人的认知是一样的。还有一位室友妞妞在大学期间没有谈恋爱，现在仍然处于我们羡慕的单身贵族状态，因为妞妞觉得谈恋爱太麻烦了，一个人省心。后来当我心情糟糕的时候，常常会给妞妞打电话，因为就她“最闲”，其他人都在忙孩子和家庭了。我在家乡的人民医院进行岗前培训之际，甄替我给我现在工作的医院投了一份简历，我由此接到了去宁波考试和面试的通知，于是我请了几天假特意跑了过去，没有想到最后被录取了。

成家立业

记得我第一天去科室报到的时候，主任问我男朋友是不是在某某医院工作，我说是，看来甄为了让我们能在一起，还“惊动”了主任。就这样，我们又在一起了，一身是劲地憧憬着未来的生活。一起合租的邻居曾对我说：“只要听到脚步声就知道是你，那脚步声太有力了。”为了早日还清学校的贷款和父亲手术的借款（父亲只让我还一万，说剩下的部分，他和哥哥还），我和甄开支很少，不过对于那个时期的自己足够了。

记得有一天与同事一起下班，不知道怎么聊起了开支这个话题，我笑着说：“一个月三百元就够了。”同事听了之后一脸不可思议地看着我，我也愣住了，像是说错话了一样。可我说的是事实，那时候我们两个人每月除去房租，开支大约就是三百元。我们每天都记账，水果基本上都是超市促销时买的。有一次，我们两个去看在骆驼品牌店打工的表姐，表姐接我们回去的路上，顺便买了早餐。看着她随随便便就买了五元的早餐，我当时很吃惊，要知道，那个时候我们的早餐从未超过两元，中午他在食堂吃饭（他的单位每个月会往饭卡里打些钱），而我则回家把前一天晚上剩下的菜搭配剩饭炒着吃，差不多刚好一碗。我偶尔也会在食堂吃，不过充值一百元足够吃三个多月。晚上我们一起买菜做饭，一般五元左右。有一次，与同事敏一起下班后，在医院后门口的菜摊买菜，我买了一根白萝卜、一个土豆、一个西红柿。她问我这些能做什么，于是晚上做好菜之后，我拍了照片发给她：一盘酸辣土豆丝，一盘白萝卜炒胡萝卜（胡萝卜是前一天剩下的）、一碗西红柿鸡蛋汤。她看后连连称赞。那时候我去超市，每当看到别人推着满满一购物车的东西去付款，心里都会想这是有多阔气呀，而我们买青菜都得盘算一下这个菜的价格。

不过，我们的日子过得很幸福，那是一种能够看见希望的幸福，我们都坚信生活一定会越来越好的。每逢节假日的时候，我们也会奢侈一下，做一道大菜。记忆犹新的是有一年我过生日，甄下厨做了三菜一汤，还买了一瓶红酒（十几元的）和两个红酒杯。我把自己端着红酒杯的照片发到了 QQ 空间（那时候还没有微信），一位已经工作多年的堂兄评论说，生活不错嘛。我自己也是这样认为的，至今也是这样认为的。

刚工作时，难免会因不熟悉工作被老同事教育，有一天，我实在是忍不住了，去厕所哭了一场，回来后接着工作，看着窗外的蓝天白云，感受着生命的美好，我的心渐渐沉静了下来，嘴角露出了微笑。因为只要看见蓝天白云，我就会很开心，就会觉得其他都很渺小。工作之余，有一次跟同事聊到了甄的家庭情况，我提到甄的小弟和小妹还在读书，父母都是农民，有一位同事听后很坦率地说："要是我，才不要他（甄）呢！"那一刻，我的心像是被扎了一样。另外一位同事说："会好的呀。"我没有说话（其实每当遇到这种情况的时候，我都不说话），只是在心里默默下决心，要让自己的生活变得更美好。从那之后，我几乎不再跟大家聊家里的情况，只是偶尔在被问到的时候随意说上一句，这也导致我在科室里的话变得越来越少了。因为我觉得与其闲聊倒不如默默努力。有一次，当我再次被问到这个问题时，我笑着对一位交好的同事说："我手上是一副烂牌，但是我会打好这副牌。"记得有一次与同事一起逛街，同事说："你们很能吃苦。"我不知道别人是如何来界定"苦"的。上次看《朗读者》这个节目的时候，其中一位朗读者说，在他的世界里没有失败，因为他姨妈当初是靠在火车边上卖东西养活他们八个孩子的，所以他敢创业，去做自己内心渴望做的事情，因为他已经在低谷里了，之后无论再怎么走都是上坡路。

小弟和小妹都是那种懂事的孩子，这也让我得到了一些安慰。记得小弟第一次来宁波时，我们正租住在第二套房子里，晚上小弟需要在我们房间打地铺，但他毫不在意。对于我们所做的每一道菜他都是由衷地喜欢，与他在一起会让人觉得很开心，他总是对于得到的东西很满足。毕业后，甄让他留在宁波工作，他所在的公司提供宿舍，他会在周末或者过节的时候过来和我们聚聚。小妹读初中时，每到暑假的时候都会来宁波，那时候我们已经租住了第三套房子，生活已经有了很大的改善，是一室一厅一厨一卫（租的第一套房子是房主把客厅隔出来的一个空间，有六七平方米；第二套是两室一厨一卫房子的其中一室），与甄的老家相比，在这里至少有网络，生活相对丰富一些。我受父母的影响，家庭责任感强，总是习惯把家放在肩膀上。我经常与甄讨论这两个孩子将来的发展方向，并在现有的基础上尽量让他们选择可以最大化发展的道路，尽力让自己这个大嫂当得称职。

我在上海实习的那一年接触到了瑜伽，自己还买了一本瑜伽书学习，后来甄又送了一本瑜伽书给我。有空的时候，我就会按照书里的内容自学瑜伽（大部分时候是在床上练习，因为实习时的宿舍面积本来就很小，里面还放置了两张双层床、两个衣柜和一张书桌，地面活动的范围更小了）。工作后为了贴补家用，我很自信地去应聘兼职瑜伽老师。后来王老师回忆说：“那时候的你充满活力，很主动，是会优先得到机会的孩子。”但是，由于我没有正规地上过一次瑜伽课，王老师便建议我先跟着其他老师练习一段时间，看看别人是怎么上课的。毕竟会做瑜伽动作和教授瑜伽是两码事。就这样，原本我是打算贴补家用的，最后反而花了五百元买了一张月卡，因为月卡是不限次数的。那时候，我基本每周会去上两到三节瑜伽课，学习老师们的上课特点。后来，我发现这样的学习还是不够全面，于是又报了一个瑜伽教练班，系统地学习如何教授瑜伽。现在我很感恩那五百元，因为它让我结识了一群阳光、热爱生活的朋友，让我看到了生活的更多可能性。

工作第一年（其实是半年，因为我是五月份才开始工作的），我们还清了家里的欠款和学校的部分贷款（这个必须在毕业后一年内还清）。我拿到的第一份工资是试用期的八百元现金，当我从李主任的手上接过那八百元的时候，感觉自己拿到了很多的可能性，可以做很多的事情，脑海里想要做的第一件事就是回老家给父亲过生日。那时候还有绿皮火车，车票价格相对比较低，就买了回去的票，并让老家的同学帮忙在县城订了一个生日蛋糕。那一年（2010 年），是父亲手术之后的第一个生日，也是我们家走向新生活的开始。还记得我把蜡烛点亮的那一刻，父亲两只手呈祈祷状放在胸前许愿的样子，幸福得像一个孩子。这也让我瞬间流出眼泪。母亲还把蛋糕端给邻居们吃，第二天邻居说："你家孩子真孝顺，买的蛋糕真好吃，细腻，我家那个买的蛋糕粗糙得吃不下去。"那一年年底，哥哥和嫂子办酒席，我们把除去基本生活费用之外的所有积蓄都打给了哥哥当作随的礼钱。

嫂子与哥哥是在我上大学的最后一年相识的，也就是 2009 年，父亲第一次在上海做手术的那年。记得当时哥哥对我说："你姐人很善良，非要我把她的几千元积蓄带上。"那一刻，我打心底里就认可了嫂子。一个不嫌弃哥哥负债，还愿意与哥哥一起生活的女人，让我敬佩。嫂子是一个简朴的人，后来得知，嫂子在娘家时是跟着爷爷奶奶长大的，家里也没有属于自己的房间，睡觉的床就摆放在客厅的一角，每天要干很多的农活，这些或许成就了嫂子坚强的性格吧。记得侄子出生的那一天，嫂子的室友与我聊天，她说："你嫂子是那种对自己很'狠'的人，学习上是这样，生孩子也是这样。"那时候哥哥和嫂子跟我们一样都是租房子住，但是他们的婚礼是我当时参加过的最隆重和最用心的婚礼。哥哥的人缘好，大家都是提前把要随的礼钱打给他，哥哥就把所有的礼钱都用来办了婚礼。记得哥哥结婚时我去找主任请假，主任说："路上一个人注意安全。"我说："不是一个人，还有甄某某。"主任诧异地笑着对我说："没想到你们还在一起。"而我则用坚定而纯净的眼神看着主任，说道："他是女婿，当然要回去了。"

结婚生子

2011 年年底，过节费、年终奖再加上当月的工资，那个月，我和甄的收入加起来有三万元。我像是拥有了很多钱一样说："我们去买房子吧。"没有想到，甄真的立马开始看房了（对于这一点，一直以来我都很感动，就是无论我的想法看起来多么不现实和不合理，他都会着手去做，从来不打断我的"白日梦"，我们也奇迹般地每次都实现了梦想）。后来我们也真的买下了现在的房子。同事们都觉得我们很厉害，工作两年就自己买了房。生活就这样不急不慢地进行着。房子买好了，我们开始筹办婚礼。当然是简办，礼服是从网上一百元买来的，婚纱是嫂子送的，首饰一部分也是嫂子送的。我们没有钻戒，没有海誓山盟，有的只是齐心协力一心要把日子过好的决心，因为我们知道任何额外的开支都是需要我们自己来承担的。

2012 年年底，我们在各自老家办酒席的时候，娘家这头几乎都是哥哥在操办，婆家那头是公公和甄在操办。婚礼当天是伯父和哥哥来送亲的（伯父是我打心里尊敬和感激的长辈，由于晕车，他平日里很少外出，可是为了参加我的婚礼，硬是从老家坐了三四个小时的车来到合肥。父亲每次提到他的这位哥哥，都说

“当年为了我，你伯父换了三个女朋友，只因为她们待我不好”。从小到大，每次过年，伯父都会带着全家老小来我家）。在酒店办完婚礼，我就让伯父和哥哥回去了，因为我不想让他们看到我的婚房，那是需要走一段泥巴路才可以到达的小瓦房，说是婚房，其实是在原来的客厅里加上两堵墙、一扇门和一扇窗所隔出来的空间。不过房间里面被小弟和小妹布置得很温馨。洞房花烛夜，原本是人生的一大幸福之事，然而我却并没有睡好，反而头脑很清醒，脑海里一直回荡着父亲的话：“如果你选他，你们俩至少要苦五年才能出头。”我知道自己接下来的路会很艰辛，最近，我和甄算了一下，其实是用了八年的时间，我们才把这个家拖出那个地方，集体在宁波安家生活。

买完房之后，我们俩商量着，一个人的工资用于还房贷和借亲朋的钱，一个人的工资用于新家的装修和正常的家庭开支。2013年房子交付之后，我们有计划地每个月买一件家具，一年多过去了，新房渐渐有了家的模样。在此期间，因为房子有些地方不太合理，比如进入次卧时必须要经过书房。于是我和甄商量后，决定在入住之前进行相应的改动。刚开始时，甄其实是不同意的，因为他考虑到经济的问题，但是最后他还是遵循了我的意思。因为在我看来，那不只是一间房子，它是我工作之外待得最多的地方，也是我生活中最重要的地方。于是，我们把书房前面的那扇门敲掉了，把原来的书房改成了次卧，并装了一扇不透光的移动门，原来的次卧则改成了书房，并在里面放了一张一米二宽的榻榻米。榻榻米尾部的墙面上打了一个悬空的有三扇门的书柜，连接书柜的是一个开放式的用三层隔板隔出来的书架，书架下面是电脑桌，电脑桌的右边是一个立体的两扇门的衣柜（因为次卧太小了，没有办法放大的衣柜）。这些是我们两个人自己量尺寸并设计出来的，为了体现出书房的气息，甄还买来了有砖图案的墙纸和布满毛笔字的窗帘。没有想到最终出来的效果很不错，小小的空间发挥了最大的作用，而且看起来很温馨很舒适。每当有朋友或者亲人过来时，这里也成了临时的客房。

2014 年 7 月我们正式入住新房，父母和哥嫂还特意从合肥赶过来为我们暖房。像所有平凡人的人生轨迹一样，我们俩也到了想要小孩的阶段，开始走下一段的人生路。第一胎是双胞胎，但是怀孕五十多天后检查不到胎心了，医生建议我终止妊娠。得知这个消息的时候，我受到了很大的打击。一直以来我的人生路都是很顺的，上学、工作、结婚，并没有经历过什么波折，很平稳，这也算是我第一次受到这么大的打击。在此之后的很长一段时间里，我不敢去看小孩，就连有关小孩的话题也不敢去触碰。在那之后，我们更加真切地想要一个孩子，每天的愿望也是拥有一个我们的孩子，每个月当我看到早孕试纸呈现一条杠的时候，还会自责。记得有一次，我实在是忍不住了，便给母亲打电话。电话接通之后，我只是哭，什么话也说不出来，只听到母亲在电话那头焦急地问："怎么了？遇到什么事了？……"我才哭喘着把终止了妊娠的事告诉了母亲。

2013 年下半年，全国军队首次面向社会公开招聘文职人员。为了转移注意力，我把全部的心思都用在了学习上。在短短一个月的时间里，我看完了甄抱回来的一摞医学书籍——足足一尺高，大部分是临床的内外妇儿、解剖生理病理等书籍。我每天除去上班的时间，就是看书，连洗碗这样的事情也让甄代劳了。那段时间，上班的时候，我尽量让自己的情绪处于平稳的状态，不让额外的事情占用我的脑力。很幸运，最后我被录取了。2014 年的 8 月，也就是我们搬进新房一个月之后，我需要去集训。这是毕业之后，我第一次离开甄。当我一个人背着背包拉着行李箱在车站等车的时候，不禁有些惆怅，不知道未来的路到底在何方。为此还发了一条朋友圈："一个人的旅程开始了，既憧憬，又担心！"

可能因为这是我俩结婚后第一次长时间分开吧，彼此都充满了对对方的思念。甄的生活更是完全乱套了，作息也不规律，最终我俩约定好国庆节时他来重庆看我。或许是假期身心放松的缘故吧，11 月时我意外地发现自己怀孕了，甄立马从网上买了坚果、水果等寄过来。后来，每次想起怀小鱼儿的头两个月是在重庆的学校里度过的，我都会很感激，感觉自己很幸运，虽然其间由于出血，每天需要去医院打黄体酮，但是若仍在宁波工作，科室里仪器多辐射也多，而现在在学校里相对安全，空气也很清新，就没有什么顾虑。而且那时候我听说头三个月对孩子的大脑和神经发育很重要，我当然不敢怠慢。

2014 年 12 月 1 日凌晨一点多（之所以时间记得这么清楚，是因为那天太感动了，当时就发了一条朋友圈。甄说我是感性的人，发的东西都是内心里的真实感受，这话不假），我回到了宁波的家，与我同行的是朋友佳，我一打开家门，就看到大嫂用四张粉色的纸打印的"热烈欢迎群儿回家"的字幅挂在玄关的墙面上，家里整洁清爽（因为我走之前对甄说过，我不在的时候他把家弄得多乱我不管，但是我回来前，必须恢复原样），餐桌上摆放着一盘鲫鱼豆腐汤、一盘胡萝卜辣椒丝炒豆干、一盘水煮基围虾和两大盘“甄式”炒饭。这种温馨的家庭氛围，让我更加地依恋这个家，依恋家里的每一样物件，因为它们都是我俩一起精心挑选的。当时，小弟正在书房睡觉，听到声音后便起来与我们一起吃。那晚，朋友睡在次卧，甄已经提前为我的朋友换上了干净的被单和被套。

从怀孕的那一刻，不，应该说是从知道自己怀孕的那一刻开始，我就进入了母亲的角色里。开始以肚子里的小生命为重心，吃喝都以他为导向，还买了很多育儿的书籍，了解什么时候应该补充什么营养。比如头三个月一定要补叶酸，最好是综合维生素，第五个月要开始补钙，第七个月要开始补锌和蛋白粉等。虽然那个时候我们的经济并不富裕，但是我们觉得孩子的成长是不可逆的，以后即使我们经济宽裕了，也没有办法弥补这段时间的成长需求。所以我们要竭尽所能做到最好。为了胎教，甄专门买回来一台可以放唱片的音响，这样我们母子就可以随时随地听“阿尔法音乐”，听说这种音乐对孩子的大脑神经发育有很好的促进作用。初为人父人母，就像大家所说的那样“第一胎，照书养”，我们真的是照书在养，即使现在小鱼儿快五岁了，依然如此。

有了胎动之后，我开始与这个小生命对话，在肚子越来越大之后，我和小生命商量：“你妈妈很爱美哟，你要往前长，往肚脐眼那边长，不要往两边长，不然妈妈的腰会显得很粗不好看。”其实我并不知道他到底能不能听懂，但是现实的情况是，真的如我所愿，肚脐眼那儿的皮肤被撑得都有妊娠纹了，但是腰身依然在。从后面看，根本看不出我是一个孕妇，而从前面看，就会看到一个特大的肚子——至少对我来说是特大的，同事们也说我的肚子是科室里最大的一个。

小鱼儿的预产期在6月份，我侄子的生日也是在6月份。我散步的时候，有时候会边散步边和肚子里的小生命聊天，跟他说："你哥哥是端午节前一天出生的，要不你也在那天出生吧，这样就可以和哥哥在同一天过生日了。"没有想到的是，这个小生命竟然如此听话，真的在端午节的前一天出生了。原本我打算顺产的，当时因为见红提前住进了医院，但是等了很久却迟迟没有动静，宫口开得太慢，两天才开了三指，比我晚住进来的人半天宫口就开全了。后来，当医生再次检查的时候，说胎位不正，加上我的体型小，而肚子里的小生命大约有7斤，医生建议剖宫产，并说，像我这种情况，即使一开始不剖，生到一半可能还是要剖的。最后与甄商量，甄看着我说："要不剖吧，少痛一会儿。"那个时候，我所感受到的只有疼，一心想把肚子里的小生命早点拿出来，完全忘记了与这个小生命之间的"约定"。后来医生给我打麻药的时候，我开始全身颤抖，导致麻药打了两次才成功。医生一个劲儿地让我放松，而我的身体不受控制地颤抖。因为那是我第一次上手术台，第一次穿着那套绿色的患者手术衣。打的是腰麻，虽然身体感受不到疼，但我的大脑完全是清醒的，我甚至可以听到医生的刀在我肚皮上划动所发出来的"刺啦"声。当医生把小生命从我的体内拿出之后，我流泪了，就像是一次旅程结束了一样，就像是一项任务完成了一样。医生抱着他来到我旁边说："看一眼吧。"我看到他调皮地用一只眼睛看着我，似乎是在微笑。然后，他被推出了手术室，我听见手术室外面甄喜悦迎接他的声音。而我还要继续留在手术台上。在医生给我缝线的时候，我听到他们在谈论我，其中一位说："她的皮肤怎么这么结实？感觉全身都是肌肉。"另外一位说："她原本是想顺产的，所以平时一直在运动，在练瑜伽。""以后我怀孕的时候也要练瑜伽。"

回到病房，回到小生命身边的时候，我自我感觉良好。但是当我听到甄说小鱼儿的头太尖了，我一下子想起了与小生命的"约定"，不禁有些自责怎么没有多坚持一会儿，再坚持一下就能生到端午节的前一天了。小鱼儿剖出来的时候是晚上十一点多，父亲说按照农历来算，晚上十一点多就算第二天了，小鱼儿和侄子按农历就是同一天出生的，因为侄子是端午节前一天早上七八点出生的。所以我有时候想，如果我再多坚持一会儿，可能他们兄弟俩就会在同一个时辰出生。

为了上户口，孩子的名字需要在一个月内定下来。甄想了很多个名字，父亲和哥哥也都参与进来，记得父亲想了一个名字叫甄军康，还解释了这个名字所包含的各种意义。不过，最后我和甄选了一个比较简单的名字——甄实，我们希望这个小生命可以真实地生活。

记得出院的时候，甄就直接把这个名字填了上去，小鱼儿的大名就这样定下了。回到家的时候，我把这个小生命放在沙发上，欢迎小小的他来到这个家里，成为家中重要的一员。对于他的每一点进步，我们都很欢喜，我们也用自己独特的方式陪伴着他成长，尽量让他感受到爱和安全。我和甄会一起给他洗澡，一个人托着，一个人用四方形的毛巾擦洗他那幼嫩的皮肤。洗完后把他放在浴巾里包裹好，我时常会给他按摩，让他可以更多地感受到来自母亲的爱，甄会在旁边给他吹笛子听，他听的时候眼睛会忽闪忽闪地盯着甄手里的笛子，欢喜地拍着小手。

由于小生命是我在重庆怀上的，甄说："重庆的简称是渝，要不小名就叫小渝吧！"我自然是同意的，不过后来我们叫着叫着，却顺嘴叫成了"小鱼（渝）儿"。小鱼儿成长的每个时期，我们都尽量给予他当下最合适的书本和玩具，比如一岁的时候给他选了小熊系列绘本。我们家的客厅也随着小鱼儿的成长需要每隔一段时间重新布置一次。比如，在他需要攀爬的时候，我们就把茶几挪到了角落里，随之调整的还有贵妃榻的位置，然后在客厅的中间放上滑梯和爬行的垫子。等他再大一点，滑梯就被撤出去了，这个地方变成玩玩具火车的场地。再后来，贵妃榻塌陷不能用了，我们买了一个吊篮（吊篮的架子是从师兄家搬过来的）替换了贵妃榻。这样既满足了小鱼儿，也满足了我悠闲自乐的心。吊篮刚装好的第一晚，小鱼儿是在里面睡觉的，算是弥补了他没有睡过摇篮的缺憾。在家里看电影的时候，小鱼儿有时候会和我一起坐在吊篮里，甄则坐在旁边的沙发上，一起享受属于我们自己的时光。现在，小鱼儿需要画画、看书学习了，我们就把茶几搬回到原来的位置，并在墙面上挂了一个黑板。有时候甄会写一首诗在上面，有时候我们会把一首歌的歌词打印出来贴在上面，因为小鱼儿很喜欢唱歌。我们还在卧室和客厅都配备了小型书架，因为这样可以让小鱼儿随手就能拿起一本书。我们一直觉得，对于孩子的教育，好的家庭环境和氛围很重要，就像是一种振动频率，让孩子可以在一个相对舒适的频率下成长。

为了让家里更加整洁，我和甄还达成了协议，就是定期“扔”东西。一样东西，只要是被闲置了一段时间，或者我们觉得用不上了，就会被清理出来，送人或者放进回收箱里。起初，婆婆很反对这种做法，毕竟她是在那个物质稀缺的年代长大的人。不过我对她说：“这些东西我们已经用不上了，但是别人或许用得上，我们不能抓住这些东西不放，要让它们发挥最大的作用。”婆婆听后终于同意了，她说：“嗯，当年我们买不起衣服，就是从那些一车一车的旧衣服里，花一两元买来穿。”从那之后，婆婆也会将她不需要的衣服整理出来，不过她不是放进回收箱，而是送给了她觉得需要帮助的人，因为她觉得回收箱里的衣服会被别人拿出去卖，而不是真正地送人。

我不想错过小鱼儿每天的成长，但是事实是我错过了他 180 天的成长。不过后来，我放过了自己，我相信那次的离开，会让我的状态更好，因为一个母亲如果调整不好自己的状态，即使是陪伴在孩子的身边，也会对孩子产生负面的影响。我总觉得老天对我特别好，在我需要调整自己的时候，就给了我一个出去的机会，让我可以在大海上做这件事情。就像我前文所说的那样，在海上时，对于每一分每一秒我都是珍惜的，因为我知道自己选择出海的内在动力。

当我调整得差不多了，那段旅程也结束了。我的生日是在海上过的，因为我们 10 月初要回来，9 月末大家过了集体生日。每一位寿星都需要录制一段小视频，我在视频里说：“当初出发的时候，父亲问我去干吗，我开玩笑说去修行。前两天父亲开玩笑地问我修行得怎么样了，我说修行好了可以回家了。”我回到了孩子的身边，回到了甄的身边。我不在家的那半年，我们一有机会就通话，向彼此汇报各自的情况，有时候是哭，有时候是笑，有时候想家了我就给父母和哥哥打电话。记得有一次哥哥正在电影院看电影，但他还是很耐心地听我说话，还说他们在家里等我回去。所有这些都让我那颗漂泊的心得到了安慰，就像那天我在日记里所写的那样：“在这样的环境里，在这样一个与世隔绝的环境里，你才可以看清楚，真正关心自己的人和自己真正牵挂的人是谁。其实也就那么几个人。就是那么几个人，让你充满活力地活着，就好像这份牵挂里充满了能量一样，让你可以一往无前，让你可以自律地做当下的事情。”

靠岸的那天是小鱼儿和甄去接我的。小家伙抱着一捧花，一直不肯松手，即使上厕所也要抱着，他说：“这是给妈妈的！”这让我的眼眶瞬间湿润。当时，他们是被安排在食堂里等待，当我走进食堂时，一眼就看到了他俩。小鱼儿穿着一件橙色的外套，充满活力，还没等他看到我，我就已经将他抱了起来。有点儿羞涩的他在我的怀里一直傻笑。感谢甄抓拍到了那个瞬间，我们会永远珍藏那个瞬间。然后，甄和我一人牵着小鱼儿的一只手，在甲板上散步、奔跑，我向他俩介绍自己这半年来的生活和工作环境。从那一刻开始，我喜欢蹲下来好奇地看这个小生命，蹲下来与他合影。这个习惯一直保持和延续着，即使是现在去幼儿园接他，我也会条件反射地蹲下来展开双臂将他拥入怀里，再将他抱起。

回家的车上，小家伙可能是太高兴了，一直在唱歌，唱的是《朋友》。虽然他那时候刚上幼儿园小班，但是吐字特别清晰，唱的每一句歌词都直接进入了大家的心里，因为我们这群在船上相处了半年的朋友即将分别，每个人将要回到原来的环境里，回到各自的小天地里去。

新家庭

为了照顾我，在我怀孕四五个月的时候，婆婆就从老家过来和我们一起住了。

婆婆身上有一种童真和韧劲，她几乎是一个人带大了三个孩子。记得她曾说："割稻谷的时候，一地的活儿，家里还有三个孩子，可是他（我公公）吃完就走了。"家里家外都得她操持。但是她并没有被这些活计吓到，经常像个孩子一样乐呵呵的。在外人看来。她的这种状态与她的经历可能有些不符，因为在她的脸上，完全看不出她曾经历过的那些磨难。听甄说，婆婆在与公公结婚之前，曾结过一次婚并生了两个女儿，但是她的前夫经常无缘无故地打她，所以她最终选择了离开。后来，公公在婆婆老家做工的时候遇到了婆婆，就将她带回了自己的老家，就这样成就了一段姻缘。虽然这边的生活也很艰苦，但至少没有精神上的折磨。这或许也是婆婆能够包容公公多年"不顾家"的原因所在吧，因为他不仅是婆婆的丈夫，还是恩人。

对于公公，刚开始时我真心不太喜欢，因为家人给我灌输了太多他不靠谱的思想，使我本能地对他有些排斥。不过，跟他相处了之后，我发现他其实也没那么不好。当年，他应该也是抱着一腔热血出门做工的吧，作为农民工，在很多城市之间穿梭肯定也很不容易。但是他却靠着那股不低头的劲儿坚持了下来，而且他的眼界比周围同龄人的高一些，虽然当年家里穷得揭不开锅了，但是他没有让自己的三个孩子辍学，没有逼迫甄提前学习谋生之术，而是尊重孩子们自己的想法。甄说，第一次高考时他没考好，公公问他有什么想法，他说想复读，然后公公就让他去复读了。如果甄没有选择复读，没有走进我们共同的大学，想必我俩也不会相识吧。有时候生命就是这样奇妙，似乎一切都是刚刚好。前几天，我在楼下带小鱼儿骑平衡车的时候，看到婆婆走在前面，公公跟在后面，两个人一前一后地散着步。我想，这也算是一种完美的结局吧。

其实，甄并不是他们家的老大，在甄之前，婆婆还生了一个儿子，也就是大哥。那个时候，公公常年在外，家里的事情基本上都是甄的爷爷、奶奶和大伯们（公公兄弟五个，他排行老五）做主。由于四伯父和伯母无儿无女，于是大家商量之后，就将大哥过继给了四伯父。为了让大哥更好地适应新家庭，四伯父和四伯母带着他去了另外一个小城生活。不过血浓于水，无论距离多远，他们兄弟的感情还是好得让人羡慕。第一次见到大哥，是在上大学的时候，我们在蚌埠上学，他在那里打工。本来就不怎么富裕的他，还会时不时给甄买衣服，请我们吃饭。有一个周末，甄骑着二手自行车带我去看大哥，为了迎接我们的到来，平日里不怎么收拾的他，还特意把家里整理了一番，只为顾及弟弟的面子。我实习结束后从上海回蚌埠，甄那时还在宁波实习，是大哥去车站接的我。或许他是担心我和甄会分手吧，在送我回学校的路上，他说："一起经历过苦难的夫妻是不一样的……"我和甄结婚的那一天，他像是一个孩子，和伴郎一起到处找被我室友们藏起来的婚鞋，晚上又带头闹婚房，这让我感受到了来自家庭的欢喜。我怀孕的那一年，婆婆在这边照顾我。临近过年时，有一天甄对我说："大哥今年会过来与我们一起过年。"我问："嫂子和孩子呢？"甄说："回老家过年。"我说："大哥这次是过来找母爱的，到时多给他们一些相处的空间吧。"甄默默点头。过年的时候，有一天晚上，我看到大哥在婆婆的房间里待了很久，让我很受触动。每个人的人生都被无数的东西牵扯着，同时每个人也扮演着各种角色。婆婆在来宁波之前做了很多的手工鞋子，给大哥也寄过去了一麻袋的鞋子，我想她在穿针引线的时候，也在思念着她的每一个骨肉吧。

第一次见小弟是我上大学的时候，他来我们学校玩，我看到他又黑又瘦，就像是一个从来没有吃饱过的孩子；第二次是去他的高中看他，看着衣衫褴褛的他满脸的笑容，我说不出话来；第三次是我去他们家的那一次；第四次是在上海实习时，他来上海读书，甄和我一起送他去学校，那时候的他稍微高了一点，但还是一样的瘦，一样的黑。小弟真正发育是在来宁波工作之后，看着他快速的变化，肩膀越来越宽，身体越来越匀称，终于长成了一个健壮的青年，我由衷地高兴。与此同时，由于工作的关系，他需要经常外出，没过多久，他又变得又黑又瘦，直到检查出有肾结石，甄和我才意识到他必须要换一份工作了。甄为人和善，善交际，与谁都能聊上几句，即使是与去他们单位的工程师，也可以建立起良好的关系。有一次，他跟人家刚好聊到了人员招聘方面的话题，就跟人家说了小弟的情况。后来，小弟就被那个工程师所在的公司录取了，主要负责浙江宁波片区，不用再各地跑了。自此之后，他几乎每天晚上都可以回家了，这对于接下来的结婚生子，都是一个好的开始。

有一次我与小弟一起回家，路上我对他说："早点把房子买了吧，现在不买，十年之后还是只能买这样的房子。"那时候他刚大学毕业两三年，买房可以享受优惠政策，首付只用付百分之二十，而且还有补贴。于是大家一起努力帮他付了首付，就这样，小弟也有了属于自己的房子。那时候，小弟刚结婚不久，他买的是两室的，其中一室留给了小妹住。有一次跟同事聊起这件事，同事说："他们刚结婚，还没过二人世界，就要跟小姑子合住了。"我说："来这个家的女人都不容易。"记得他们刚买好房（是精装修的），里面还是空的，或许为了节约租房子的钱，或许因为拥有的喜悦，在房子刚到手的时候，小弟和弟媳就拿着一张席子开始在空荡荡的房子里边过日子边布置了。其中的苦与乐，只有他们自己清楚吧。

对于小妹，我总感觉她就像是我的一个孩子，毕竟我是从她小学五年级开始一路看着她长大的。前两天过中秋节时，小妹回来了，目前她也有了自己的男朋友，就像当年我第一次去甄家一样，她也面临着同样的情况。吃完晚饭，我们两个手拉着手去散步。路上我说："你陪我过不了几个中秋节了，最多两三年，你就要陪伴那边的人过节了。"她只是笑了笑。小妹是一个单纯善良的姑娘，因为两位哥哥各自成家有了自己的妻儿，大家对她的关注太少了，更多的时候她还要顾及我们。或许是本能地保护自己，她慢慢地变成了一个走路"大气"的假小子。当她说最近觉得生活没什么意思的时候，我愣住了，意识到自己给予她的关注太少了，在她那看似坚强的外表之下，其实是一颗易碎的心。

我时常与甄说每个人都不容易。即使只是透过身边的家人，你也可以看到每个人都在咬着牙坚持前行。

自我实现

就像我与甄说的那样，最近生活再一次回归正轨，自己的心也算是真正地回归了。我开始进入平凡人的下一个人生阶段，在肚子填饱之后不断向前，开始实现个人价值，遇见那个梦中的自己，活出那个梦中的自己。

记得刚工作的时候，我与甄说："我只帮你到三十岁，三十岁之后我要做自己喜欢做的事情。"这句话就像是魔咒一样，在我三十岁生日那天之后一直跟随着我，让我总是想要做点儿什么。于是，为了让我宽心和散心，在甄的带领下，我们一家三口去了厦门度假。平日里我很少看电视，更多的时候是看书，或者看朋友们推荐的好电影。但是，由于当时是在度假，身心特别放松，于是也会看看电视。一天，我漫无目的地换着电视频道，并停在了《朗读者》这个节目，当时的朗读者正在讲述自己的故事，我的内心被强烈地触碰到了。我记得自己坐在那里，眼泪止不住地流淌，就像是某种东西很想要绽放，然而却被无情地压制着一样。我边流泪边与甄说："本来可以放飞的，你非要将它拽到地上。"我不确定当时甄有没有听懂我在说什么，只知道他带着亏欠的表情抱着我。当时小鱼儿就在旁边玩耍，我们从来不会在他面前掩饰自己表达爱的方式，在我们看来，这些是正常的行为，他理应理解和学会，所以当有一天我和甄看到小鱼儿去拥抱一位小女生的时候，我俩相视一笑。

在写这篇文章之前，前三门考试结果都已经出来了，通过了。我原本自信满满地觉得最后一门也会顺利地通过，却没有想到生活与我开了一个玩笑。之前我还曾开玩笑说："别人考试为了升职加薪，而我考试为了放下。"甄当时笑着说："你的境界真高。"可是当看到最后一门没有通过时，不知道为什么，我没有伤心，没有情绪，似乎刚刚好。上半年，我一心想通过考试来提升自己的自信心，现在，我的自信与这些无关了。但是在上班的路上，坐在地铁里，眼泪却如泉水般涌动，我泣不成声。忽然，我想起老师的那句话"如果你觉得自己已经尽力了，就走，别留下"。是的，此刻我才承认自己只是一个凡人，此刻我才算是把考试放下了。

记得在准备考试的时候，我不停地问自己："看这些书对我到底有没有用？"我知道，这些知识点只是知识点，我虽然明白它们在工作中的重要性，但是我也明白它们不会给我带来思维上的提高，然而这恰恰是我最看重的。前两天那期《朗读者》的主题是"故乡"，我发现朗读者们身上有一种一样的东西——谦和，他们的眼睛里有同样一种东西——通透。这是我向往的，希望自己所能够拥有的状态。其中一位朗读者之前是一名牙医，五年内拔了一万颗牙齿，他说：那是世界上最没有风景的地方。想起有一天与同事聊天的时候，她说她有一个邻居是妇产科的医生，每天吊着个脸，有一天被患者打了，她的婆婆说："每天拉着个脸，该打。”听到这些，我虽然没有说什么，但是我能够理解那位医生，她每天面对的是痛苦的生育者，怎么可能开心地笑呢？不可能在患者面前笑。虽然我心里崇拜医生这个职业，同时自己也是医者中的一员，但是我深深地知道这个行业所带来的潜移默化的影响，这些是我不想看到的，更是我不想成为的样子。然而在看像《活着》《皮囊》《平凡的世界》《成为》等书籍的时候，我可以感受到自己内在的成长，那是一种看不见的成长，比单纯学知识点对我来说更能感同身受。

写这段话的时候，是我下夜班回到家里后，家里只有我一个人，洗漱完毕我便开始写作。刚刚（中午十二点）才意识到自己忘记吃早餐了，于是去厨房给自己煮了一碗西红柿鸡蛋面。我喜欢先把西红柿切成小块炒出汁，转到小火，再围绕着西红柿放两个打散了的鸡蛋，再撒上一点盐，放一碗准备好的开水，水开之后放入适量的面条，然后再将火调大一点，盖上锅盖，等待面条变软变熟，最后撒上几段切好的葱花，就可以完美地出锅了。这是我目前最享受的状态了，我很喜欢这种清静感。

是家，让我产生了绝对的依恋感，因为这里有我想要的清静的学习环境，也有我热爱的美食。我对生活的两大追求，都在家里获得了，所以如果没有什么事情，我一般都会选择在家里，泡一壶茶或者一杯咖啡，准备一小碟坚果或者一个水果，然后打开一本书或者写作的笔记本电脑，一待就是半天，幸福指数直线上升。下午按时去接小鱼儿，并做好美味的晚餐，等甄下班回来时，我说：“从我做的菜就可以看出来我这两天很幸福，很喜欢以这样的方式度日。”那是一种来自内在的幸福，是在全然兼顾家和自己的需求的前提下，所产生的幸福感。就好像一个人把自己照顾好了之后，身边的人、事、物，看起来也觉得明亮了，这就是“境随心转”吧。

刚才在我享受美食的时候，大脑里时不时蹦出一些话语，让我知道有一个目标在那里。我看到过身边太多的人被生活所累，其实他们都是善良的人，只是一时间找不到出路，找不到手上能够抓住的那根“稻草”，以至于在没有意识到的情况下，做了一些自认为对的事情，只是最后的结果往往不尽如人意。

写到这里，我想起了自己的那几场考试，我是在大家的期望下，朝那个方向发展着，可是越是这样，内心的抗拒力量就越大，最后受伤的也是自己。好在我在写作里找到了自己，并通过写作减轻了自己受到的那些伤害。如今想来，就好像是老天为了让我写作，所以才在一开始努力将我拉向医学的世界一样，正如农村的那句老话，“要想猪往左边走，就努力朝右边拉”。

那么我的真正目的到底是什么呢？看到了那么多人生活那样无助，我能做什么呢？在现有的基础上，我做不了什么，因为除去自己内在的那个远大梦想之外，我只是一个身高155厘米，体重有时候还不到90斤的渺小的女人，说到底我只是一个实实在在存在的平凡人。我有时候也会怀疑自己，那个远大的梦想是从哪里来的？到底是我找上了它还是它找上了我？如果不是它找上我，为什么会在我的大脑里挥之不去，时而浮现以示提醒。如果真的去做那件渺茫的、无法触及的事情，那么当下我能做什么呢？我可以做什么呢？当我在写这段话的时候，我的眼前浮现出身边的那些曾经让我感动的低头生活的人们，我好希望他们能偶尔抬起头来，看一看天空，而不是一直埋头在那个狭小的空间里打转。世界其实很大，我们自己其实也可以“很大”，当你看到我们的身体是由无数的细胞组成的时候，当你看到点滴分泌物在显微镜下所呈现出来的那种复杂的生命形态的时候，你会明白自己的“伟大”。我不知道这句话应该怎样说才合适，我只是想告诉大家我们思维的局限性，我们眼睛的局限性，我们所需要做的就是跳出这些“局限”，看到更多的可能性，一件事情的解读可以有很多种，每一种解读的背后，都会呈现出不一样的面目。

我是一位女性，我爱美，这点我一直很清楚（虽然我不美）。正是因为这样，所以每当我遇到事情的时候，我都会努力地去看这件事情的另一面，那原始的一面，我会得出一个我内心接受的结果，同时我明白“养心比养身重要，养身贵在养心”。很多人看事情却反过来了。记得陪伴父亲去肿瘤医院做手术的时候，我发现很多病人的脾气不太好。记得有一天我代父亲排队做某个检查，一个穿着患者服的人直接插在我的前面，理由是：“我是患者，我生病了，我马上要手术了。”理直气壮的，以至于最后父亲自己过来排队了，因为我越排越靠后。我不知道这些之间到底有怎样的联系，只知道这些人是在这里寻求养身，可是似乎在某个时候忘记了养心吧。

写完上面这些后，我准时去午睡了，无论在什么时候，我的时间安排几乎不会有太大的改变。等我醒来后，我开始自我检讨，是不是忘记考虑什么了，是不是忘记了每个人所处的环境不同、每个人的成长经历不同，面对这些不同，又怎么可以要求大家去寻找那个相同的东西呢？那个相同的东西是否就是我们内在的触碰点或者说是敏感点呢？那个我们大家会不约而同被感动的点，我们为之震撼，为之流泪的点，或许我们可以称为“善”，从这个点出发，是否能够产生更多的共鸣，然后再由点及面地去通过共振频率影响其他方面，逐渐达到一个相对比例的提高？

我到底想做什么，或许我自己也不知道，只是一步一步做好当下能做的事情，就像现在流淌的这些文字一样，只是顺应这一切的发展，尽力让生命旅程的方向标与我心中理想状态的方向标相吻合，每个人对成功的定义不同，但是我想这也是一种成功吧。

感恩

我一个人的故事太过于平淡了，需要还原到成长和家庭的环境里，那样才可以看见一个真实的我，才可以看见一群鲜活的平凡的生命是从哪里来的，又将要去往何方。在我情绪低落的时候，有那么一度，我的理想是看透人世间的一切，然后从容地生活，然而现在我的理想是看透自己之后从容生活。

感恩一路向前的平凡的生命，感恩我有机会写自己平凡的生活旅程，它让我回看了一遍自己的过去，把那些由于每天忙于当下所遗失的时光捡了回来，让我的心更加沉静。让我明白原来人是要带着过去过当下的生活的，这样才会更加的谦卑，才会对现在所拥有的更加珍惜；人也是要带着过去展望未来的，这样才算完整。虽然当下我们只是站在时间轴的某一点上，但是心里会对来处和去路更加明确。

感恩让原本浮躁的我，找到了根，知道了自己的来处，也明白之后的去处，在这些中间，发现自己一直在完成每一个当下的事，为每一个当下让道。如果不是这次回看，我不会知道自己真正开心的时刻其实屈指可数。这一路看过来，才发现，原来生活的味道主要是平淡（其实本来想说苦的，但是觉得“苦”这个字有点儿过了，毕竟生命是那么美好的东西，至少有那么三个时刻，我真心感受到生命的美好，那是一种可以随地翩翩起舞的感觉。每当我累了困了，承载不了的时候，就会去记忆里搜索那个美好的时刻，让那个时刻可以罩住当下的时刻，让我可以找到前进的原动力，让我可以待在那个时刻里荡漾一会儿，让我暂时“精神出窍”，放下心里的杂乱思绪，可以在那块清静之地，修复我的身和心。修复好了再回到当下的世界里，去微笑着平和地面对当下应该做的事情和应该尽的责任，然后接着前行，就这样一步一步走出那里，走到这里）。

之前，与甄聊天的时候，我问他：“如果让你年轻二十岁，回到二十年前，你愿意吗？”他说不愿意，我说我也不愿意，因为我好不容易走到了这里，即使让我年轻我也不愿意。甄说：“那是因为你现在还年轻，所以不愿意；如果真的老了，或许会愿意。”我说：“或许吧，但当下是不愿意的。”

这些只是我生命里很小的一部分，是一些在我脑海里挥之不去的深刻记忆，有些是我人生的转折点，但正是这些造就了当下的平凡的我。

2019.9.17